2022 年北欧理事会文学奖

《纽约客》2024 年最佳图书

《华盛顿邮报》2024 年度图书

2024 年美国国家图书奖翻译文学奖长名单

2025 年布克国际文学奖短名单

11·18

寻找四季

[丹]索尔薇·巴勒 著
苏诗越 译

接力出版社
Publishing House

桂图登字：20—2023—150

图书在版编目（CIP）数据

寻找四季 /（丹）索尔薇·巴勒著 ；苏诗越译. 南宁 ：接力出版社，2025. 3. --（11·18）. -- ISBN 978-7-5448-8855-4

Ⅰ. I534.45

中国国家版本馆 CIP 数据核字第 2025X48C61 号

寻找四季
XUNZHAO SIJI

责任编辑：陈楠　文字编辑：谢林军　装帧设计：崔欣晔
营销主理：贾毅奎　蔡欣芸　责任校对：杨少坤
责任监印：刘宝琪　版权联络：王彦超
出版人：白冰　雷鸣
出版发行：接力出版社　社址：广西南宁市园湖南路9号　邮编：530022
电话：010-65546561（发行部）　传真：010-65545210（发行部）
网址：http://www.jielibj.com　电子邮箱：jieli@jielibook.com
经销：新华书店　印制：河北鹏润印刷有限公司
开本：880毫米×1250毫米　1/32　印张：7.25　字数：120千字
版次：2025年3月第1版　印次：2025年3月第1次印刷
定价：49.80元

目录

第368次

刚刚我的脑海里出现了怎样的画面呢？时间像是一架可以忽上忽下的旋转木马？这一年就像一条小溪，在我的11月18日里流向远方？

我坐在利松酒店16号房间的窗边，数着日子。11月的这一天我已经过了365次。但这有什么用呢？某个秋日重复了365次难道就能算是一年吗？一年就将这样结束，我四处走动，为跨年做好准备，会有用吗？或者，不是“跨”入新的一年，而是“潜”入新的一年呢？等了一年，又到了11月18日，我就可以摆脱现在的困境了。一个敞着大门的11月18日，我可以去往新的时间，而不再受到限制。这就是我所想象的画面吗？或许是吧，但事实并非如此。

我在11月18日走来走去。我一直在寻找出口，但没有出口。我一直寻找着不同之处，但没有什么不同。这就是同一天。在已经过去的平凡的一年里，每天，11月18日缓缓靠近，然后成为新的一天。现在我不知如何才能接受这件事。仿佛更真实的时间计算发生在更深处的某地。仿佛我所经历的种种循环都只是表面，而真正的一年被一系列的11月18日所覆盖。仿佛新的11月18日会在年底冒出头来并带我回去，或者经过我。这样我就可以从重复的旋涡中跳出来。仿佛会出现一条漂浮的救生筏，是一个新的11月18日，可以把我从重复的海洋中救起来；或者是一块我可以抓住并爬上去的浮木，直到我踏上实打实的地面，直到我被扔到时间是11月19日的岸上。那一天，我可以一边喝咖啡，一边阅读最新的报纸。站在前台后面的会是一位新的服务生。早晨也不会阴雨绵绵，而是倾盆大雨，或是洪水暴发，或是电闪雷鸣，或是雪花纷飞。什么都行，只要是别的天气就行。仿佛我的第365天是一个神奇的结局，而不仅仅是无尽数字序列中的一个。仿佛我的第366天是一个新的开始，一个新的11月18日。随着时间的流逝，会进入19日，然后是20日。仿佛有一个出口，而不仅仅是一天消失后，把位置留给下一个11月18日，留给第367个、第368个和第369个11月18日。

如果什么都没发生，这个序列就将是无限的。确实什么事也没有发生，这个序列也没有尽头。并没有出现一个崭新的、不同的11月18日，并没有更真实的时间流逝从深处浮现，没有漂浮的救生筏，我没有在11月19日被抛上岸，也没有什么20日。依旧是11月18日，看不到任何变化。

昨天我醒得很早。前天回到酒店后，我就沉沉睡去了。因为紧张并期待着焕然一新的11月的一天的到来，我早已筋疲力尽。醒来时，衣服已经穿在了身上，我立刻觉察到菲利普·莫雷尔给我的盒子，里面装着一枚古罗马硬币。我入睡前，它就放在我枕头旁边的袋子里。我记起了发生的事情：我遇见了菲利普，和他一同去了他的店里，然后菲利普和玛丽带我参观了他们的新公寓。我记得我们在前主人的物品中间来回走动。我告诉他们所有人：时间已经断裂，我希望回到一个继续前行的时间里。他们送我走的时候，给我的袋子里装着一枚古罗马硬币。

我立即起床，穿好衣服，下楼去前台。我不知道现在几点了，但报纸已经摆在了桌上。还是同样的报纸，18日的报纸，新鲜出炉，未受影响。在早餐厅，咖啡机正在制作咖啡，桌子上的餐具已经摆好，工作人员忙着将面包片和羊角面包分别放到碟子和篮子里。我坐下来，希望这一天与其他日子有所不同，但没有什么不同，很快我就看到早晨的事物又重演了。我看到了熟悉的面孔和一样的动作。我看见一片面包轻轻地掉落在地上。又是18日，我还能期待它是怎样的呢?

从我醒来到入睡，这一整天都和其他日子一模一样，一整天都是熟悉的画面。今天早上我醒来时又是11月18日了，没有任何区别。我已经顺利地进入了第二年，或者更确切地说：我已经来到了第368个11月18日，在一个没有年份，没有季节，没有月份和星期的时间里，除了不断循环的一天之外没有任何变化。我能想象到的只有这种情况会继续下去，想象不到其他的可能性。这是一个无法纠正的错误，这已经成为一种慢性病。唯一会重新开始的是我的一天。先是早晨，再是晚上，然后是凌晨，然后又是早晨。一直是同一天。

我坐在利松酒店的16号房间。我今天没有吃早餐。我走到楼下接待处，就没有继续往外走。我瞥了一眼报纸，然后转身回到了房间。我不想看到面包片掉落到地上。

第369次

今天天还没亮我就醒了。装着古罗马硬币的盒子，它的一角戳到了我的脸颊，把我弄醒了。它还在我枕头边的袋子里，我一定是睡着时不小心压到它了。不过现在我醒了，起床了。我在天蒙蒙亮的时候出了门。今天还是18日，没有变成19日，没有变成20日，也没有变成21日。怎么可能变成21日呢?

虽然起床时时间还早，但我还是穿好了衣服。我穿上靴子，扣好外套，从地上捡起包。出门前，我从床上的袋子里取出装着古罗马硬币的盒子，从盒子里拿出硬币，放进我的口袋里，把盒子和袋子放在桌子上。我带上钥匙。楼下前台空无一人。我在黑暗中穿过几乎空无一人的街道。

几个小时后我回到了酒店。天已经亮了，7点多了。我从自助餐厅打包了一杯咖啡带回楼上，现在我坐在16号房间的小桌子旁。我知道11月18日还在继续，我不知道这一天要做什么，但现在我知道会发生什么。11月18日，这就是我知道会发生的事情。

第374次

每天我都会去视察我的街道，穿过夏米纳德大道，穿过马戏团道，穿过雷纳特街尽头的小广场，然后穿过阿尔马杰斯特大街。我在咖啡馆或公园的长椅上坐下。

没有任何变化，也没有任何我需要实现的目标。没有要买的书，没有要参加的拍卖会，没有要拜访的朋友。我一整天都保持着沉默，没有计划，也无须在日历上做记录。时间在流逝，但它只是日复一日地涌入我的世界，它无处可去，从未停歇，也不曾在某处驻足。有的只是这一连串无穷无尽的日子。

我走过附近的古旧书店，但没有进去。看着橱窗里的书，我犹豫了一下，但还是继续往前走。我继续扩大活动范围，来到了其他街道。在埃索普街，我在一家我没去过的古旧书店前停下了脚步。我想进去仔细看看橱窗里的一些作品，但我还是留在了外面。毕竟走进去也没什么要做的，这是一家有关过去的商店，而我不再是T.&T.塞尔特。

我路过菲利普·莫雷尔的店，有几次我站在窗边，往店里瞥了一眼。玛丽一个人的时候我就这么做，我不想被认出来，我很清楚菲利普什么时候来、什么时候走，我不想和他打照面。

我还留着那枚古罗马硬币，它在我的大衣口袋里。另一枚硬币被玛丽放在柜台上。昨晚睡觉时，我忘了把硬币从口袋里拿出来放在枕头下，今早醒来时，它还在口袋里。我走在街上都能感觉到它。如果我养了一条狗，我可以说我是在遛狗。现在，我在“遛”一枚古罗马硬币，真是一个奇怪的伙伴。

第376次

你可以在街上感受到这一点，一种空虚，仿佛有什么东西消失了。我在德斯特雷街的碎石路上，在匆匆穿过阿尔马杰斯特大街时，都能感受到这种空虚。稠密感已经瓦解，现在的细节更少了。这种感觉是具体的，几乎是有形的，仿佛车流变少了，行人消失了，仿佛光线和声音都变了，仿佛房屋之间的距离拉大了，街道变宽了，但我知道，一切都没有变，依然有人，依然有车，声音和光线都没有变。是我在这里不再有任何事情可做。我走在同样的街道上，但促使着我走来走去的只是例行之事和老习惯。我一直都有很好的理由来到这里，但现在我觉得自己被抛弃了。我在这座城市里走来走去，除了自己每天的行程之外，没有其他目的。我只是一个在街上游荡的人，也许根本算不上人，也许更像是某种动物，既不狩猎也不被猎杀，既不挨饿也不能饱腹，只是一个在房子里游荡的生物。

第378次

今天我起得很晚，下午才出门。我走了一条与往常不同的路线，但我再次被这种感觉所震撼，一种空虚感，仿佛缺少了什么。

在街上走着走着，我开始感到头晕。我愣住了，四处寻找可以进去的地方，但仿佛没有可容纳我的空间。没有任何想当然的去处，没有任何地方可以让我退缩，让我可以沉静一会儿。我四处寻找公园或长椅，但没有一个地方能让我融入其中。我常去的那些地方似乎都是封闭的，是拒人于千里之外的。我能找到的长椅或咖啡馆椅子都不适合我。没有一条人行道或人行横道适合我的步伐。我觉得自己格格不入，像个异类。我不属于这里，我无能为力。

最后，我走进一家几乎空无一人的咖啡馆，想在一张靠窗的桌子旁坐下，但感觉椅子好像要把我摇下来。起初，只有一把椅子在我脚下摇摇晃晃，但当我站起身来，发现另一把椅子也在摇晃时，我感觉桌子好像出了什么问题。我把桌子挪动了一下，又把我坐过的椅子挪动了一下。我感到困惑和不安，当我终于解决好桌椅的平衡问题时，却发现没有工作人员，我没法儿点餐，于是我又离开了咖啡馆，走回街上。

没有什么不同。街上冷冷清清。仿佛气氛变了，空气稀薄了，仿佛沥青中的某种物质消失了，还变得千疮百孔，仿佛房屋墙壁的颜色不同了。我也不知道。有什么东西不见了，也许是颜色，也许是声音，就好像世界上的某种元素突然跑掉了，也许更像是一种新的空虚，一种未知的空虚。

我试着在街道上行走，感受自己的感觉。我转过街角，发现了繁华的街道和人口稠密的通道，渐渐地，世界开始变得像它自己。我发现自己被拉回了地面，回到了这个世界，整个下午都在四处游荡，试图绕开这种空虚的感觉。我穿过公园，走在碎石小路上，经过长椅和游乐场，但没有在任何地方坐下来。不过，我还是在马戏团道喷泉边的一条略微潮湿的长椅上坐了几分钟。

傍晚时分，我回到酒店，在前台买了一个三明治，然后上楼回房间。上楼时我低头看了看自己，总觉得自己的外表有些糟糕：一种褴褛寒酸的感觉。但我想不出是什么原因，不是衣服的问题。就在我沿着走廊向房间走去的时候，我在镜子里看到了自己。我的衣服比上次来时更破旧了，靴子在我多次离开克利希苏布瓦的房间时都穿过，但并没有特别破。我穿着一条连衣裙，和上次来的时候穿的那条不一样，上次那条裙子我留在了克利希苏布瓦。这次穿的是新的裙子，还不错。大衣看起来和以前一样，可能需要买一件新的，但大衣本身旧得并不显眼。然而不论怎么说，我仍然仿佛被遗落在储藏室，破旧不堪，布满灰尘，无法参与社交活动。

当然，我知道这只是我自己的问题：我失去了方向。并不是缺失了某种元素，也不是刚刚发现的空虚。只是我找不到在街上走动的理由。我走过商店，却不进去。我穿过街道或公园，感觉不自在，感到多余，感到迷失，感到这一切都是个错误。我不再是塔拉·塞尔特，一个对细节和有收藏潜力的书籍有着独到眼光的古旧书商。我不是有一份工作的塔拉·塞尔特。我不是T.&T.塞尔特公司的图书采购员。塔拉·塞尔特，她已经消失了，她参与各式工作，询问、谈判、观察、购买、交谈、组织。消失的是古旧书商塔拉·塞尔特，消失的是有一份工作的人，以及一个正在蒸蒸日上的企业，消失的是一个拥有客户和同事的商人。那就是未来已不复存在的塔拉·塞尔特，塔拉·塞尔特的梦想和期望已经破灭，被世界抛弃，冲出了边界，被11月18日的潮流带走，迷失，蒸发，最后汇入大海。

回到房间，我把三明治放在桌子上，脱下外套和靴子，但过了一会儿，正当我想吃放得半干的三明治时，酒店的火警警报突然响了起来。这让我大吃一惊，因为我以前从来没有听到过警报声，但应该是因为我在其他任何一天都没有在五点多的时候到过酒店。警报并没有让我太担心。这肯定是虚惊一场，因为酒店并没有被烧毁，我也没有看到任何着火的迹象，所以我什么也没做，过了一会儿，警报声就停了。我起身向窗外望去。街上人来人往，我想，11月18日利松酒店就是会有这样的虚惊一场。然后呢？估计什么也不会发生。我看到一辆消防车驶来，但这里没有着火的迹象，消防水管也没有伸出来。一名消防员站在一旁平静地与酒店接待员交谈，我则坐下来，又咬了一口三明治。

事后我才意识到这意味着什么：我不再“值班”，我不是在寻找救生筏，我不认为利松酒店可能发生了火灾，这可能是一个新的11月18日，这可能是一个新的时间跳跃，酒店存在被烧毁的可能，而我可能在时间跳回正常轨道时面临致命危险。但我立刻认定这是一场虚惊。

几天前，我还会跳起来喘口气，换换口味，但我只是拿着吃了一半的三明治坐着，什么也没做。三明治还在我旁边的桌子上，我不是为了更快撤离，而是它的边缘已经干了，所以才把它放在那里。我不再相信变化，我不再寻找差异，甚至火警也无法改变我对反复到来的这一天的期待。

我仍能听到门外走廊里的声音，但酒店对面的人行道上早已空无一人。最后一批客人正在回房间的路上，消防车很快就离开了，没有任何危险。利松酒店今天很平静。没有人员伤亡。我在酒店房间里，很安全。托马斯在11月18日的克利希苏布瓦也很安全，他被雨淋成了落汤鸡，然后回到了已经不那么暖和的房子里，但没有发生其他事情。他来到客厅，点燃了壁炉，从花园里拔了一棵韭葱，又从花园棚子里摘了一些洋葱。没必要担心。我有一位丈夫，他认为我自己能找到最好的解决办法。我有一群朋友，他们认为自己帮不上忙，甚至可能不相信我说的是实话，但他们还是把我送走了，还在袋子里装了一枚古罗马硬币。塔拉·塞尔特的最后任务：上楼，带着垃圾袋离开。现在我走在大街上，成了多余的人，无法社交。这不是一场灾难。不是无关紧要，但也算不上什么大事。

第379次

而现在，11月18日已成为慢性病：我的日子很简单，我走在熟悉的街道上，但我并不属于这里。我听到身后有脚步声，我变得焦虑不安。我转过身。我觉得有人想从我这里得到什么，而他们想从我这里得到的东西并不好。但他们并不在那里，我听到的只是自己的脚步声，甚至我的脚步声都是多余的。我走在本该空旷的空间里。我所占据的空间应该是开放的，但出于某种莫名的原因，塔拉·塞尔特占据了这个空间。

在我的周围，人们都有一份工作。他们有的开商店，有的则走到地铁站去上班。他们列队行走，他们有方向，他们被牵引着，但牵引他们的是什么，我自己感觉不到，那是我缺失的一根弦，那是不属于我的东西。我抓不住。或者是某种东西在街道上把他们冲向前方，一股水流带着他们前行，但这股水流却无法触及我；或者是一种内在的力学原理之类的东西引导着他们的脚步穿过街道，一种不在我体内的内在驱动力，一种无法紧绷的弹簧，一种缺失的机制。我不知道他们是被拉着走，还是被一股水流带着走，抑或是一种内在的力学原理让他们穿过街道，但我知道这是对我不起作用的东西。

我周围都是流动的人群，突然他们都朝着同一个方向走去，我环顾四周，果然，那里有一个地铁站，他们要去那里。人们排着队，朝向入口。我在队伍外面。如果我离他们的队伍太近，就会碍事。我是个异类，是个错误。我是迷失在11月18日的塔拉·塞尔特。不是在劫难逃，只是迷失。我从这一天跌落，但这不是悲剧，也不是喜剧，我只是从这个世界跌落，我没有在跌落中受伤，我只是站起来拂去膝盖上的碎石，仅此而已。

我叫塔拉·塞尔特。我在11月18日，周围充满了回声。我是一个怪物，不应该出现在有方向的人中间。我应该继续前进。当人们想去做该做的事时，我却挡了他们的路。

我离开了这些繁忙的队伍，走到一旁。我走在不熟悉的街道上，转过陌生的街角，去从未去过的咖啡馆。我带着我的回声——当我拉开桌椅，坐在角落里时，一种带着空虚感的声音。我把包放在旁边的椅子上。包很大，让我看起来像个旅行者；包又很小，可以每日随身携带。它让我看起来有事可做。我仍然是个碍手碍脚的人，但我有时会找到一个角落，在那里坐一会儿。我呼吸。我保持平静。

我可以数数我的日子，我也这样做了。我可以写下这些日子，我也这样做了。我有一个笔记本，上面有线条和数字。我有一个文件夹，里面有11月18日以来的记录，我还有钱和信用卡。我有一支笔，上面刻着“第7届卢米埃尔沙龙”[①]，我想写什么就写什么，想去哪里旅行就去哪

① 7ème Salon Lumières，原文为法语。——本书脚注若无特别说明，均为编者注

里旅行，我不缺任何东西。

我在深渊中漫步，我数着日子并写下这些日子。我这样做是为了记住。或者，我这样做是为了把日子连在一起。又或者，我这样做是因为纸张能记住我说的话，就像我是存在的一样，就像有人在倾听。

第383次

我曾以为我会回去，回到克利希苏布瓦，回到托马斯的身边。如果什么都没发生，如果一年毫无意义，如果年末没有出路，也许我会先去拜访菲利普和玛丽。我想象着我会向他们请教，我们会坐在柜台前，他们会提出不同的解决方案，每一个都比上一个更奇怪。我们会觉得这种情况很滑稽，会有笑声。我们会一边谈论灰尘和烫伤，一边嘲笑时间有多么奇怪。我想过，他们能帮助我，他们会尝试，他们会假装尝试，他们至少会一起笑。如果没有出路，我可能会坐火车回克利希苏布瓦。我会走在雨中，我会告诉托马斯我回来是因为时间停止了，告诉他我试着跳回去，告诉他我已经准备好了，告诉他这就是我想要的：回到从前。回到从前，那里有托马斯，有菲利普和玛丽，有街上的人们，有人排队，有共同的节奏，有塔拉·塞尔特——一个对纸张质感和细节有独到眼光的古旧书商。告诉他这并不是因为我不想追随他们的时间，而是因为我无能为力。我试过了。

也许我只是一个人，也许我不属于任何地方，也许没有其他办法，但我尝试，我努力。有时我走进街上的人流中，如果我走过一个公共汽车站，正好公共汽车停了，我突然被夹在一群等待的乘客中，我跟着人流走进公共汽车。如果我走的正好是乘客们上车的方向，或者在地铁站跟着上车的人流，那么突然我就可以融入这种节奏，就跟得上了。有时我几乎是被带着走的，进进出出，有人为我引导方向，这几乎就像是被理解的感觉，或者是得到建议的感觉——如果人们愿意倾听的话。

通常这种感觉不会持续太久，因为当公交车突然又空了，我随着人流走到人行道上时，或者当我走到一个我不认识的地方的街道上时，我又成了孤身一人。人流扩散开来，我的脚步声在人群中消失了，现在又能在街上听到，周围的回声变得清晰起来。街道变得开阔起来，帮助我出发的人群有一个特定的目的地，我暂时借用了这个目的地，但我站在那里，人们已经散开了，已经分别乘坐其他交通工具，已经拥入建筑物，或者已经匆匆赶往其他街道。而我自己开始四处游荡，没有他们那么快，因为我放慢了脚步。我在街道上洒脱地穿行，迟早我会找到回到利松酒店的路。

不过，第二天我还是会再次出门，收拾好行囊，在空旷中四处走动，但如果有人给我指路，我随时准备跟上，然后，如果我突然发现自己处于一种运动、一种流动之中，如果我感觉到一种牵引、一个方向，我就会跟上。这并不难。你必须做好准备，但一切都会自己发生。就像站在沙滩上，水很冷，你准备好了，你想跳进水里，你在等待，你的动作僵住了，好像在去水里的路上有什么地方堵住了，但这时有人跑过来，跳进水里，你跟着他们，你被其他人的动作吸引住了，你开始移动，然后突然你就在水里了，潜下去，潜到水底，在冰冷的水中游泳，起初是冰冷的，突然间就不再冰冷了，所有的犹豫都消失了，你没有被带着向前走，你自己跑进了水里，你自己潜入了水底，你自己承担起了奔跑、潜水和游泳的责任，不再需要被引领到任何地方，你在运动，你可以继续下去，就好像你根本没有犹豫过一样。

我就是这样度过每一天的：我投入人群，任人摆布，我运动，我追随，但最终，当我随波逐流，当我上了又下了公共汽车和火车，当我出了地铁站或停在公共汽车站的人行道上时，我失去了动力。我慢了下来，停了下来，就好像运动本应触发的机制出现了故障。有什么东西咔嗒一声，但我又犹豫了，减速，靠边停车。我把自己放在应急车道上，我跟不上，就往人少的街道走。没关系，我并没有迷路，我只是找了个长椅停下来坐一会儿，或者开始往回走，我向酒店走去，一天结束的时候，我的速度已经完全慢了下来。我睡了一觉，第二天我又找到了新的人流来投奔。

第387次

我的生活圈子越来越大。有一天我去了布洛涅森林[①]，

① 巴黎西部的森林公园，位于塞纳河畔。林内道路纵横交错，树木郁郁葱葱。

有一天我去了枫丹白露[①]，而现在我正坐在一列开往北方的火车上，没有买票，因为我一直在跟着人流走，突然间大家就冲向了火车。我追随的是早晨的人流。在公交车站，我跟着等车的人上了一辆开往巴黎北站的公交车，人流带着我穿过车站，现在我坐上了开往里尔的火车。火车上还有人，他们在路上，我不知道他们要去哪里，但很快我们就要下车了，因为里尔欧洲站是终点站。

我的包就放在旁边的地板上，现在轻了一些，因为我的书、换洗衣服和洗漱用品都还在酒店里。另外，我不小心把16号房间的钥匙也带走了，但其实完全用不到它。克利希苏布瓦的托马斯家的钥匙也在我的包里。回去很容易，我认得路，那里就是家。我知道要经过哪些车站，但这不是正确的路。

---

① 法国大巴黎都会区的一个市镇，著名历史古迹和游览地。法国最大的王宫之一——枫丹白露宫就坐落在这里。

第388次

我在里尔下车。路况从清晨风格变成了上午风格，人群渐渐散去，我是最后一个离开火车的乘客，缓慢而犹豫地离开，以至于我在站台上停了下来。突然间，我身边没有了人，也没有人带我到任何地方。不久后，我离开了火车站，在附近找了一家酒店，然后在城里闲逛。我想买一支牙刷，但突然发现自己站在一家文具店前，我曾在那里买过一本绿色帆布笔记本，但一直没来得及用。我走了进去，在和以前一样的地方，放着一摞绿色帆布笔记本。我想，其中有一本一定是我的，于是又买了一本，也许是同一本，也许只是相似的一本。

昨晚，我把它和新买的牙刷、牙膏一起放在枕头下，现在都还在。我起得很早，在酒店吃了早餐，没有人把面包掉在地上，也没有晨报，但我并不想念那些。我不怀念留在16号房间的东西，没有带书我觉得很轻便，穿的衣服也凑合。我走起路来脚步轻盈，我感觉自己没有重量，几乎轻如鸿毛。

第389次

笔记本就放在我旁边座位上的包里，等着我去用，但我还没拿出来。我用公文包里的纸写东西时，它就放在那里，纹丝不动，因为我还有纸，还有笔和包。我有我在火车上的座位，我有我的大衣和一部又坏了的手机。

在我周围，人们穿着大衣，背着包，打着电话。我能听到他们中的一些人有自己的生活，他们有地方可去，有事情可做。我不知道我是否有自己的生活，但我没有任何事情可做，也没有任何要去的地方。我有耳朵可以听别人讲话，只要愿意，就能从同行的乘客那里借一点儿东西。比如，他们的生活和要去的地方，他们必须做的事情。或者叫作偷窃，因为感觉就像你从他们那里拿走了什么，好像你不应该听他们的谈话。虽然他们把东西给了你，但感觉不像是礼物。

有一个人正忙于组织一个会议或股东大会，大家意见不一，他到处打电话，陈述自己的理由，什么董事会需要换人啦，需要做出一些决定啦。他在创造某种共识或和谐，就像一个合唱团团长，他需要让合唱团发出正确的声音，但没有人意识到他是合唱团团长。听上去情况很复杂，他一会儿说这，一会儿说那，我们共同坐在他身边的火车座位上，是他合唱队里的乘客。我们听他讲话，因为没办法不听。我想，那是一个航海俱乐部。他说到要买船，要吸引更多年轻人，要让青年部运转起来。他谈到了资金和支持，谈到了大计划，谈到了会所。我不知道他要去哪里。我们离岸边还有一段距离，我好奇起来。他与几个人通了话，指导他们在会上说什么。结果还不确定，不过现在我想跟踪他，因为他说会议就在今晚，他可能会在会议开始前才能赶到。

他要去敦刻尔克[①]。这是他对列车长说的话。他要换车了，而我想去水边转转。我想要航行，乘坐渡轮或帆船，驶向大海，驶向地平线。

但他放下了电话，现在正坐在电脑前，风掠过船帆，船帆在微微摇晃。我环视四周。我听到一个女人在安排和她儿子的晚餐，我不知道为什么我觉得是儿子，但我很确定。他们要吃儿子以前做过的一道鸡肉菜，那道菜需要用到一种墨西哥辣椒。她儿子在找装着那种墨西哥辣椒的罐

---

① 法国北部港口城市，法国第三大港口。濒加来海峡（多佛尔海峡），距比利时边境仅10千米。

子。在冰箱里，也许在最上面的架子上，也许在盖子下面。他找到了。晚餐有救了。

第390次

我去了敦刻尔克，换了火车，到了港口，但也就到此为止了。当我们终于到达时，我早已找不到那位合唱团团长了，但我在港口边找到了一家酒店。在酒店里可以俯瞰大海，宁静而幽暗。到了那里，我对大海和轮船的渴望都消失了。我意识到，我在里尔时有多幸运。因为那时我可能会在一个已经有人入住的酒店房间醒来，17日晚上如果有人住在那个房间，那么18日早上，我就会从那个人睡觉的床上醒来。特别幸运的是，我可能去得早，一定是给我安排了一间11月17日没人住过的房间。

当我到达敦刻尔克的酒店时，已是傍晚时分，这次我要求住在一个最近没有人睡过，因此一两天没有打扫过的房间里。我说我受不了清洁剂的气味，并且很乐意多付钱。

前台接待员确保了我一切顺利。分配给我的房间在过去的三天里一直没有客人。他说，幸运的是，现在是淡季。

我找到自己的房间，打开门锁，坐在窗边俯瞰海港，直到我开始感到寒冷，因为房间里没有暖气。我铺上蓝格子床单，爬上床，盖上羽绒被，不一会儿就睡着了。

今天早上，我在一个浅灰色的早晨醒来。现在我正在路上，因为我找到了一列火车，一列当地的火车，现在我们正驶回乡下。我们在小站停车，人们上下车，座位上有格子图案，我把包放在旁边的座位上，因为这里乘客不多。

今天碰到的不是有人打电话，但和打电话没什么两样，因为一个在说话，另一个在沉默。沉默的那个人正在去看刚出生的孙子的路上，我只听到她说了这些，然后她就转而专心倾听了。说话的不是她，而是一个带狗的男人。女人和蔼地听着，有时点点头。他们相对而坐，中间放着一张桌子，桌子下面的地板上还趴着两只大狗，一只是纯灰色的，另一只身上有斑点。[①]斑点狗的主人说，斑点

① 在法国乘坐火车，宠物可以随主人一起买票乘车；在我国乘坐火车带宠物，需要办理托运。

狗总是愁眉苦脸，郁郁寡欢，因为它失去了一个朋友。几个月前，这人还养了另一只狗，那只狗死后，斑点狗非常不开心。过了几周后，他养了这只灰狗。灰狗本应该成为斑点狗的新朋友，但它们还没有建立友谊。

我想他们已经知道我在听他们讲话，但他们看不到我在记录他们的谈话。我前面放着一张桌子，只有当我身子向前倾一点儿，朝他们的方向看时，我们才能看到彼此。那位正要去看孙子的妇女能感觉到我在倾听。她身体前倾，朝我的方向瞥了一眼，似乎想保护她的同伴，不让他被人偷听，但我翻了翻文件，看了看手机，她就意识到我在做别的事情。我为什么要听呢？年轻女人拿着一个黑色公文包，里面装着文件和旅行包，旁边放着一部手机。手机无法与外界连接，但他们看不到这些。

他一直认为自己是狗狗们最好的朋友。晚上，当他上床睡觉时，两只狗会躺在他的两侧：一边是他的那只老狗，另一边是他的斑点狗，而且紧挨着他。他觉得自己被爱着。我身体前倾，微微转身。我看到他的听众在点头。她能理解这一点。

但是，当最年长的那只狗去世后，那只斑点狗再也不想和他躺在床上了。他说，它很悲伤，无法平静。他试图在床上抱起它，他想安慰它，他以为它喜欢他，他是它最好的朋友。

他不是。这只狗会躺在他的床上，是因为那是它离另一只狗最近的地方。狗主人说：“我妨碍了它们，它一直在容忍我。在斑点狗眼里，最理想的状态是只和另一只狗躺在床上。而那只狗现在已经死了，我就是个障碍。”那只老狗死后，斑点狗就没有必要再躺在床上了。它离开房间到了客厅的地毯上。

当他意识到他的狗根本不爱他时，他就养了一只灰色的狗，是一只牧羊犬。他一边说着，一边俯下身抚摸着这只灰狗长长的卷毛。至少现在斑点狗有了一个新朋友。现在，它们分别睡在客厅的狗床上，而他自己一个人睡在卧室的床上。

他的听众点了点头，但什么也没说，因为这个养狗的人并不是在寻求同情，他只是在讲述自己的故事。他说，唯一让他烦恼的是，他以为他的狗非常爱他，整晚都不离开他，结果他只是个傻瓜。也就是说，他的自我认知让他成了一个傻瓜，因为他的狗从来没有说过它们爱他。那只老狗只是躺在那里，可能是为了取暖，也可能是出于习惯。而那只斑点狗从来没有说过它愿意与他同床共枕。

并不是只有我一个人在听。他讲完故事时，其他乘客突然把目光移开，距离几个座位远的一位女士深吸一口气，看着窗外的风景。他的故事讲完后，我发现自己正在翻阅报纸。我不认为狗主人的听众能想到什么要说的，或许谈话刚刚结束，现在他们正坐在那里看着窗外，而带狗的男人则拍着桌子下面站起来的斑点狗。

第395次

不再是人流带着我前进。我不需要拥挤的人群，我不需要拥挤的交通工具。我开始喜欢清晨的车流，喜欢散落在各处的旅客，喜欢开放式的车厢，喜欢拿着咖啡杯和棕色袋子的慢吞吞的乘客。

我倾听着。我拿着一本书或一些文件坐在那里，有时我会写下来，但并不总是这样。在开放式车厢里，旅客们有的坐在小桌子前，有的挤在窗边。我们之间有一种熟悉感，互相打招呼，简单地点点头，一会儿就熟络起来，但一会儿又退回陌生人的身份。我们有手机、书或文章得看。我们有报纸或耳机，还有笔记本电脑。

一位女士的房子被人闯入，现在她正在电话里讲述自己的故事。她肯定已经讲过好几遍了，因为一点儿都不乱。她的讲述好似经过打磨，没有突然的思维跳跃，没有犹豫，也没有断断续续。说明她本人已经不再为此感到震惊或心烦。

她预计我们会听她的故事，但又不敢肯定。她环顾四周，我们人不多，只有四五个人在听。我们正在跨越国界旅行，她说法语，但很快我们就会到德国，她不知道我们中谁与她说相同的语言，但这是我们想听的故事。

电话里的听众以前没听过，因为有一段引子，而且还全是细节。这起非法闯入具体是怎么回事，走廊门上的窗户被打破了，玻璃碎了一地。还提到女儿的房间，桑德琳的房间，桑德琳应该就是她女儿。她房间里的所有东西都被翻遍了，除了饼干罐，而饼干罐里放着所有用来度假的钱。她声音里带着一丝胜利的喜悦，所以我想这应该是一个奢侈的假期，饼干罐里应该有很多钱。然后她停顿了一下，可以听出故事结束了。饼干罐的细节是压轴，它就这样留在此刻。真是一个奇怪的结尾。它不像是某个对话的结束，更像是一次大张旗鼓的庆祝，一次胜利。现场一片寂静，听众什么也没说，因为遭遇入室抢劫的这位没有回应，只是停顿了一下。

然后她又转移话题，说要组织一些活动，朋友之夜，或是老熟人聚会。我在想，饼干罐的事情需要一个解释。它放在哪里？为什么窃贼没有找到？电话那头的人一定知道罐子的存在，因为这里没有进行任何解释，遭遇入室抢劫的这位几乎不知不觉地就把话题从桑德琳的饼干罐转移到了别的地方。应该是藏在婴儿房或者厨房吧，因为如果饼干罐放在其他地方，比如客厅或走廊，那就太显眼了。但是，谁会把度假用的现金放在饼干罐里，又有谁会在饼干罐里放那么多现金，多到可以用来度假呢？

诚然，我自己也有满满一袋现金。每天我都尽可能多地取钱，因为你永远不知道自己哪天会突然需要用钱。我也不知道我的信用卡能一直用下去吗。但我认为那是另外一种情况。我绝不会把现金藏在饼干罐里。也许窃贼他们也不这么做。也许这就是他们没找到的原因。也许我才更像窃贼，喜欢偷别人的生活？他们在车厢里摆好了饼干罐，但你可能不需要自己动手。也许他们很乐意为整个包厢服务。我不知道。我不知道我是在偷东西，还是在拿别人递过来的东西。

谈话结束后，那位遭入室盗窃的女人下了火车。我看了看外面，我们已经到了亚琛[1]。但我还是决定坐着，毕竟找不到下车的理由，所以我就看着她走了。

第398次

今天，是一位被男友抛弃的年轻女子。她年纪不大，大概25岁，或者22岁，也许更年轻。肯定比我年轻。她更年轻，被抛弃感更明显。打开包厢门时，我还没意识到这一点。这是一列地方列车，她一个人坐在六人包厢里，地板中间放着两个大行李箱。

这趟火车上没有开放式车厢，所以我只能在狭窄的走廊里艰难穿行，走廊里几乎都满了，行李箱也摆放在走廊里。她包厢窗前的帘子半拉着，我可能猜到这意味着她是一个人，但我对这些火车并不熟悉，感觉就像另一个时代的遗物，那时你可以躲在小包厢的帘子后面。我感觉自己

① 德国西部北莱茵-威斯特法伦州城市，与比利时和荷兰接壤，是著名三国交界城市以及旅游胜地。

闯了进来，好像占了她的一个座位，但我还是走了进去。

当我打开包厢门询问是否有空位时，她羞怯地点点头，我看得出她有些不对劲。起初我以为她只是想独享包厢，而我正准备离开，但隔壁包厢已经坐了四五个人，于是我把帘子掀到一边，拎着包从包厢门边钻了进去，坐在离门最近的座位上，把包放在腿上。

我过了好一会儿才意识到出了什么问题，但我马上就能感觉到，让她守在包厢里的是脆弱，而不是占有欲。这让我觉得我很不礼貌，但现在我已经坐在这里，再离开就太失礼了，所以我继续坐着，在我正在读的书上做笔记。我随身还带着一本字典，从包里把字典和书都拿了出来。我读了一会儿，把书放在一边，在纸上写了一些句子，查了查字典，然后又读了起来，应该差不多就是这样。

我是在波恩[①]买的书。那时与我同行的两位乘客非常健谈，一位是法国人，另一位是德国人，又或许他们俩是法德混血。他们在交谈中多次转换语言。当到站时，我走进了最近的一家书店。我找到了一本字典，收银台上有一

① 德国西部城市。

摞歌德的《亲和力》[1]。德语的书名我很喜欢，在我脑中嗡嗡作响：*Die Wahlverwandtschaften*。也许一开始，这本书只是我坐下来一边做笔记一边查字典的一个借口，但现在我已经开始真正阅读它了。我读得很慢，在火车上读，在酒店房间里读。我从一个地方走到另一个地方，昨天我到了汉诺威[2]。我住在火车站附近，买了一张北上的火车票，是上午出发的，但被取消了，我们不得不去了另一个站台，所以11点钟的乘客突然就比平时要多很多。

没过多久，我就了解到旁边这位羞怯乘客的故事。并不是她本人告诉我的，不过即使以我有限的德语水平，也不难听懂个大概。

她的男朋友刚刚和她分手了，她正准备回家看望父母，已经和妈妈通了两次电话。她的男朋友刚刚离开了她。事实上他们一直相处得很愉快，致使她完全没有料到此事。我能听出，她对被分手的那场灾难记忆犹新，也许是今天早上，也许是昨晚。她得把所有细节都告诉我和她

---

① 德国作家歌德创作的长篇小说，出版于1809年。小说围绕着爱德华和夏洛特夫妇以及他们的情人展开。

② 德国北部重要工商业中心，下萨克森州首府。

妈妈。她要去不来梅[1]，还有两个小时就到站。她带着一颗破碎的心，旅途格外漫长。

我想到了大大小小的灾难。我想到了我自己的灾难。我想到新的灾难，也想到那些经过时间沉淀的灾难。车厢里的灾难令人窒息而虚弱，它的细节如果不是那么新鲜，就太隐秘了。也许她认为我听不懂她的话，因为我进来时说的是英语。但这没什么区别。我不在这里。我想我是否坐在这里并不重要。在她的世界里只有一个目瞪口呆的女儿和一个倾听的母亲。

他们曾经想过要孩子。虽然不是马上，但他们讨论过这个问题，是等他们完成学业后。他们曾经有过未来。她已经给他买了圣诞礼物。在他们的生活中，曾经有过“Kinder”[2]和“Weihnachtsgeschenke”[3]。我觉得11月就送圣诞礼物有点儿早吧，但他们已经做了这样的计划。他们曾共用一套公寓，她不明白他为什么要离开。这是最糟糕的地方：她不明白为什么。他说这话的时候，她正站在楼梯上。哪个楼梯？车站前的？也许是刚分手不久，也许是他

---

① 德国北部港口城市，不来梅州首府。

② 德语，意为“孩子”。

③ 德语，意为“圣诞礼物”。

跟着她到车站，告诉她，他要离开她。他告诉她的时候，她要去哪里？回父母家？他跟着她到车站，告诉她，他不想再和她在一起了吗？在车站大楼前的台阶上？在通往站台的楼梯上？为什么要带这么大的行李箱？也许他昨晚就说了。昨晚她收拾好了最重要的东西。也许是全部东西。现在她要回家了。

当被分手的她对母亲说她不需要买邻居的婴儿椅时，乘务员推着小推车走了过来。什么样的邻居会问这样的问题：我的孙辈都长大了，你还没有孙辈，不过你会买我的婴儿椅吗？好像买了邻居的婴儿椅就会有孩子似的。还有，这位母亲为什么要把邻居家的婴儿椅的事情告诉这位被分手的姑娘呢？邻居家有婴儿椅卖，难道我就该买吗？还是母亲在女儿告诉她分手时说的？那我就不用买邻居的婴儿椅了。

当包厢门打开时，我跟乘务员说要喝杯茶，并问我的同伴是否可以请她喝杯茶。她友好地拒绝了。她有些腼腆地笑了笑，似乎在说我待在这里没关系。这就是我想问的问题：我可以待在这里吗？

我不知道，但现在我正坐着喝茶，摆弄着我的文件。我把纸杯放在面前的桌子上，一边喝茶一边弯下腰。我有一种想为她做点什么的冲动。我知道我无能为力。我也没必要这么做，也许我起身离开会更好。

相反，我在包厢里占了更多的空间。我把大衣放在对面的座位上，把包放在地上。我们现在占据了包厢的大部分空间。我守着她的包厢，这样她就不用再和其他旅客打交道了。

走廊上人来人往。如果我离开包厢，就会有其他人进来。我觉得那样更糟。现在她刚刚习惯我。也许这并不重要。现在我靠着窗帘坐着。窗帘是浅棕色和米色的条纹。我一边想着“Weihnachtsgeschenke”，一边用纸杯喝茶，有时还在折好的纸上写几句话，然后夹进书里。

第399次

到达不来梅后，我们下了火车。我在车厢狭窄的走廊里等着，让那个被分手的姑娘先下车。我保持着距离。我只是一名观众，不是她的家人，但我想在她走之前确保她得到了妥善的照顾。

站台上站着她的母亲，一位身着米色衣服的妇女，穿着夹克和长裤的套装，脚蹬棕色皮鞋，脖子上系着一条红色围巾。她看起来不像一个会请假照顾被分手的女儿的女人，也不像一个梦想着抱外孙的女人。但现在她正拥抱着自己的女儿。过了一会儿，我看到她们拖着两个大行李箱穿过车站大厅，走出大门，来到停车场，幸运的是，她们找到了一辆特别大的车，因为她们需要足够的空间来放行李箱。

看着她们上了车，驶出了车站，我向市区走去，很快就找到了一家酒店，住进了一间可以看到街道的房间。我确定最近几天没有人住在那里，便走上楼梯来到房间，把自己锁在里面。

在我的房间里，我可以眺望街道，那里有电车和汽车在行驶，我还可以看到一个广场，那里的树上挂满了彩灯。我一边用水壶烧水，一边看着这些协调有序的工作，心想，虽然有点儿早，但如果要在12月点亮整座城市，现在就开始肯定是有必要的。

我很累，早餐后只喝了两杯茶。我去市区吃了点东西，一回到房间就爬上床。我脑子里想着“Weihnachtsgeschenke”和“Wahlverwandtschaften”，然后就睡着了。

现在，我坐在窗边，望着酒店对面空旷的广场和驶过的有轨电车。路对面的人行道上摆放着一排排不同颜色的垃圾袋。它们正在等待垃圾车将其运走。我坐在那里，等待着尚未到来的电工、起重机和升降机。我想到了12月。我想着“heute”“morgen”和“übermorgen”[①]。我想着“gestern”和“vorgestern”[②]。现在我还在想着“Frühstück”[③]。

第*401*次

今天，我有一个目标，我要去一个地方，可以说是回家，但我已经不知道什么是家了。我的家曾是克利希苏布瓦，但现在不是了，我现在要去布鲁塞尔[④]，那里也曾经是我的家。现在，家已经不是一个可以想去就能去的地

---

① 德语，意思分别是“今天”“明天”和“后天”。

② 德语，意思分别是“昨天”和“前天”。

③ 德语，意为“早餐”。

④ 比利时首都，是一个双语城市，通用法语和荷兰语。

方了，但今天我有了方向。我带了礼物，装在两个大袋子里，放在行李架上。

第402次

看到满满两袋子礼物时，妈妈说别人会以为这是圣诞节到了。礼物都被仔细地包装好了，大部分用的是圣诞纹样的包装纸。现在还是感觉有点儿太暖和了，不像是圣诞节的天气。我注意到花园里的一些树上还长着叶子，外屋旁的攀援蔷薇上，一朵蔷薇不畏秋风，开出了花朵。在去房子的路上，我看到花园小路边的榅桲[①]灌木丛光秃秃的枝条上还挂着几颗黄色的果实，但大部分果实已经掉落，在灌木丛下的地上发着光。风有点儿大，但说是冬天实在

① 榅桲，蔷薇科。落叶灌木或小乔木。果实梨形或苹果形，直径可达5厘米，密被茸毛，味香，黄色，味甘酸。原产哈萨克斯坦、吉尔吉斯斯坦等中亚地区；中国西北各地栽培，以新疆最多。性耐寒冷。果供生食、制蜜饯；亦供药用，治肠虚水泻等。

有点儿勉强，圣诞节的氛围还是得由我来搞定。

我到的时候，妈妈正在花园里。她请了大半天假，因为她任教的国际学校的学生去郊游了。她只在学校待了几个小时，回家后就去了花园。现在，她正端着一个碗，准备去捡榅桲果实。我们之间隔着这么大的袋子，她还拿着碗，加上妈妈惊讶的动作，很难拥抱在一起。我说，等我们进屋把东西都放进厨房后，再弄礼物吧。

我说，我们得请丽莎过来，我妹妹，我们打电话给她。她说，妈妈昨天刚和她说过话。我们请她过来吃晚饭。她说，今天，或者明天，如果我可以待那么久的话。我说，可能是明天。我是说18日，但我也指平安夜。我母亲说的是11月19日。

一小时后，爸爸下班回家，我们吃了晚饭。我们在客厅的餐桌上吃饭。妈妈还没把榅桲收起来，因为我们去喝了咖啡，就没来得及。

吃饭的时候，我告诉她我要去布鲁塞尔办点事，我得去买几本书。我们聊了关于我爸爸的工作日、我妈妈的休息日，关于我妹妹的学习，还有关于T.&T.塞尔特的事情。我们没有谈论时间静止，但我们谈论了我的旅行伙伴。我说我最近走了很多地方，我谈到了悲伤的狗狗们、入室盗窃、饼干罐和帆船俱乐部的董事会。我用手在耳边比画着电话的形状，模仿我的同行乘客打电话的样子。我还拍了拍桌下一只看不见的狗。我谈到了包厢里被恋人抛弃的姑娘，谈到了“Weihnachtsgeschenke”和“Wahlverwandtschaften”：我喜欢这两个单词的发音，也许也喜欢它们读起来的节奏。我告诉他们我在读歌德的作品，以及会假装做读书笔记，因为我不确定同行的乘客是把他们的故事讲给我听的。我觉得自己在某种程度上是在偷窃他们的东西。我不想被人发现我把手指伸进饼干罐里。

我爸爸不认为这是偷窃。相反，他认为在公共领域打私人电话就是偷窃：窃取他人的宁静，甚至是人性。他说，就好像说话者坐在自己的私人空间里，把其他乘客视为固定物：一扇门、一个火车座位、一个行李架。仿佛其他乘客不是人，而是物品。我妈妈也插了一句，她告诉我，学校里的孩子们经常被手里拿着手机的家长送下车。就好像孩子们是要寄出的包裹，或者是要运回家的购物袋。我想到了悲伤的同行乘客和她破碎的心。我曾被视为角落里的袋子？行李架？也许更像窗帘，让自己被拉过车厢的窗户？我不知道，但我的父母已经转移了话题。

我不知道他们说的对不对，我也不知道自己是否介意成为窗帘。夜深了，我走进了我原来的房间睡觉。自从我离开家后，它就没怎么变过。床和我的书桌还在，除了一面墙上放着家里多余的书之外，一切都和我住在家里时差不多。

今天早上我起得很早。厨房里的时钟刚过6点。我煮了咖啡，坐在角落里的餐桌旁。我犹豫了片刻，还是坐到了餐桌边一直属于妈妈的位置上，因为餐桌被推到了墙边，而我童年时常坐的位置就在靠墙的那边。我想，坐在那里，坐在妈妈的椅子上，是多么陌生，几乎和犯错没什么区别。因为从我记事起，我们的座位就是固定的：我和爸爸坐在靠墙的座位上，妈妈坐在爸爸对面，妹妹坐在她旁边。每天早上和晚上，我们都坐在这里，用我妈妈的话说就是“pêle-mêle”①，吃着混合着英国和比利时风格的饭菜，讲着混合着英语和法语的话。他们是在我爸爸去英国度假时认识的。当时我妈妈住在萨福克郡②，她一完成学业就和我爸爸搬到了布鲁塞尔。我和妹妹就一直坐在这种混杂的厨房餐桌旁，是一个稳固的家庭方桌，除了这张桌

---

① 法语，意为“混合物，大杂烩”。

② 位于英国英格兰东部，东临北海。

子，我不记得还有其他桌子或位置，因为我们在我很小的时候就搬进了这所房子，这张桌子和当时一模一样。

我和妹妹从家里搬走时，餐桌被推到了墙边。这为厨房腾出了更多空间，但几年来，当我们回家探亲时，餐桌就被推来推去。有时，我们俩一回家就待几个月，经常是在夏天，然后我们四个人就又坐在那里了。

现在我觉得大部分时间桌子都是靠墙放的。我想我父母吃饭时是坐在角落里面对面的，但我不确定，我们去看望他们时，通常是在客厅吃饭。

7点左右，妈妈走进厨房。她很惊讶，但我觉得还没惊讶到有必要解释我为何在这里。妈妈说，你知道钥匙在哪儿吧，还有床单，还有咖啡。她说这话的时候带着一丝喜悦，让我觉得我是受欢迎的，好像她把我的闯入看作是家庭完整的标志。

她小心翼翼地询问托马斯的情况，似乎是想确认有没有出什么问题，我向她保证托马斯正在克利希苏布瓦等我。她似乎松了一口气，我想起了火车上的那个女人，想起了她的母亲，她的母亲不得不暂时告别对外孙和婴儿椅的憧憬。尽管我母亲什么也没说，但我想她应该有时会想阁楼上的那把婴儿椅是否还能用。

几分钟后，我父亲来了，他同样感到惊讶，但马上想到我的到来是母亲安排的，这样我们就可以一起度过她的休息日了。但他说，希望我能在这里多住几天，至少住到第二天，因为他得走了，10点钟有个会，但他会尽快赶回来。

然后我还是告诉了他，在早餐的时候。今天是圣诞节，我带了礼物。时间已经过去了，我数着日子，如果我没数错的话，今天就是平安夜了。我日复一日地和托马斯在一起。我搬到了艾尔米塔什街，去了巴黎，却被随意的旅行者拉走。时间流逝，流逝，却又根本没有流逝。

我向他们保证，没有人死亡，也没有人受伤，只是时间断裂了。我告诉他们我已经习惯了这种想法，我是另一个人，我脑子里已经有了一条路，铲了雪，清理了灌木丛。我试图找到自己的路，我会再次回到正常的时间，但我需要圣诞节，需要时间的流逝，而不是在永恒的11月里发现自己。我说他们可以帮我度过12月。

早餐后，爸爸去开会了，但答应会尽快回来。我和妈妈列出了准备晚餐用的购物清单，然后妈妈就去购物了。她还要去学校交一些文件和作业，但很快就会回来。在此期间，我借了她的手机，给妹妹打了电话，告诉了她一切。她本该在大学里学习化学，但现在她想请一天假和家人一起过圣诞节。

妈妈回来的时候，火鸡和卷心菜已经准备好了。她还买了圣诞布丁和圣诞树干蛋糕[①]，尽管当时才11月。我们的圣诞节一直都是混合过的：平安夜总是有礼物和火鸡，然后剩下的火鸡作为圣诞节的午餐，还有布丁。圣诞节早上还有一个小礼物，所以只能是英式圣诞节。还有卷心菜，我们会在平安夜把它和火鸡一起吃掉。我们的布丁总是配香草冰激凌，而不是奶油冻——或者我爸爸称之为奶油冻，因为我妈妈从来不喜欢奶油冻。总是有烤土豆，每个人都喜欢，而且会准备很多，因为还要足够第二天吃的。因此，我们的圣诞节由两个传统组成：圣诞节和圣诞树干蛋糕，两个圣诞节和两份厚重的甜点。没有太多的和谐或平衡，但传统并不一定要和谐，它们只需存在。当世界破碎，当时间破碎，它们必须作为一种安全网存在，让你有所依托。

当我坐在我以前的房间里，想着圣诞节和圣诞树干

① 法国人过圣诞节的一道甜点，作为圣诞大餐的最后一道食物，现在不少国家也同样流行。圣诞树干蛋糕用来取代圣诞节在大壁炉中燃烧木柴的习俗。

蛋糕时，感觉好像有什么东西被修复了。事情是如何不完全协调却又是可以调和的。我的妈妈和爸爸。我和我的妹妹。11月18日和平安夜，我们仍然设法团聚，几乎总是如此。

我们做了圣诞大餐，好像一切都很正常。我擅长烤土豆。我从十岁开始就擅长烤土豆，晚餐的这一部分总是由我负责。我爸爸回到家，马上开始做卷心菜。丽莎负责烤火鸡，到了下午，她已经把火鸡放进了烤箱，但尽管事情完全在她的掌控之中，我们还是围着火鸡转来转去，不时用烘烤温度计戳戳火鸡。

很晚了，我们才坐下来吃火鸡配烤土豆，还有圣诞树干蛋糕。我们坐在客厅的餐桌旁，因为这是圣诞节仪式的一部分。我坚持要给他们礼物，而且是很多礼物，因为我带了两个大袋子。

我不愿去想托马斯，但我还是想了，就像一个缺陷。他会吃我做的烤土豆，他会说我应该经常做烤土豆，而不是只在圣诞节做。他会很高兴地吃掉丽莎做的烤火鸡，他会不加评论地吃掉她做的卷心菜，他会要求吃榅桲果冻，这是我们家一个特别的圣诞传统，这个传统在家族的某个分支中并不久远，但之所以存在，是因为我们搬进这所房子时，前面花园里已经有了一丛榅桲。每年秋天，母亲都会把黄澄澄的榅桲收集在一起，起初是出于责任，后来是出于习惯，现在则是为了提醒人们已经逝去的岁月。春天，榅桲灌木丛开出红色的花朵，然后是红绿相间的叶子、绿色的小果实，接着是黄绿色的榅桲，有的又大又孤零零的，有的一小簇一小簇地挤在树枝周围。到了秋天，榅桲变黄，掉落到灌木丛下的地面上。到了11月甚至12月，人们会收集表面有蜡质和轻微油脂的深黄色果实。它们被放在厨房里的一个碗里，渐渐变成棕色，同时散发出独特的香味。在之后的几天，我的母亲会用它们制成一种透明的深红色果冻，这种果冻的颜色对我来说仍然是个谜，因为黄色的果实怎么会变成深红色的果冻呢？几年前，当我们接手克利希苏布瓦的房子时，托马斯要求把榅桲的一棵嫩芽带回家。他得到了四颗榅桲嫩芽，并种下了它们，还宣称我们中迟早会有人学会制作榅桲果冻的技艺，并将这一传统发扬光大。但今年的圣诞大餐没有榅桲果冻，因为榅桲还在外面的黑暗中，此外，这个传统之所以成为传统，只是因为花园里刚好有一丛榅桲。

晚饭时，我们没有过多谈论时间断裂的事。今天早些时候我已经解释了大部分，我想我的父母需要时间来理解发生了什么。丽莎更感兴趣的是原理和机制本身，我们白天已经讨论过好几次了。有一次，我和她在厨房把吃剩的饭菜放进冰箱，她提议和我一起旅行。我说我不知道这是否可行，但如果可行的话，我就必须每天早上向她解释一切。我告诉她，我曾试图让托马斯和我一起去巴黎。他一直犹豫不决，他不想被拖进我的11月。但丽莎没有犹豫，她相信这是可能的。她谈起这件事就像谈起去度假一样。她说要去南方享受温暖和阳光，说她需要一个假期，说她论文即将写完。她说，也许她可以继续写下去，有一部分是可以写的。我可以帮她。我告诉她这一切会在一夜之间消失，但她认为这是一个可以解决的问题。我可以把所有的东西都写在纸上，然后抱着这些纸睡在床上，第二天她就会取得一些进展，而时间却不会流逝。而此时，我们正沐浴在南方的阳光下。但我不想再往南去。我希望12月和1月可以到来。我希望时间开始流动。

12点多一点儿，丽莎回家了，父母也睡了，我就去了厨房。我在扫帚柜的挂钩上找到一个冷藏袋，把冰箱里剩下的圣诞食物拿了出来，这样我就可以把它们都装进袋子里，因为我不相信冰箱能留得住圣诞食物，不让它们明天早上消失。我在冰箱里找到了两大袋鸡汤。我把一袋放在底部，另一袋竖着放在袋子里。丽莎把吃剩的火鸡和一些凉拌卷心菜放在一个塑料盒里。我把它们放进了冷藏袋，旁边放了四个大土豆，我设法把它们挤进另一个塑料盒。没地方再放别的东西了，所以我把另外三个土豆留在了冰箱里。在袋子的最上面，我放上了最后一块还在纸盒里的圣诞树干蛋糕。

突然，当我站在冰箱前拉上冷藏袋的拉链时，我感觉到了欢乐的气氛。我发现厨房的桌子上放着一盒圣诞布丁，我知道如果我想在圣诞节那天吃到圣诞布丁，我就必须和它一起睡在床上。我用手捂住嘴，以免笑出声来，把别人吵醒。我感觉到它在我的横膈膜①上冒泡，并从我的胸腔里上升。我用手捂住嘴，在一阵轻微的笑声中笑了起来，那感觉几乎就像在哭泣，一种隐忍而欢快的哭泣，压抑而无忧无虑，一种笑着的圣诞哭泣，嘲笑着我为保持时间一致所做的一切努力，我嘲笑自己所有的严肃和对圣诞习惯的坚持，我再次感受到了我的心情：欢快、绝望、悲伤、喜悦和突如其来的笑声混杂在一起，就像一个调色板，就这样闯入了我的“平安夜”。

---

① 人和哺乳动物分隔胸腔和腹腔的肌。

笑声持续了几分钟，我感觉自己变得轻松了一点儿，然后，就在笑声刚刚平息的时候，冰箱开始发出一种声音，起初听起来像是普通的机械嗡嗡声，但突然变了调，听起来和我的笑声一模一样，一半是笑声，一半是啜泣声。也许比我的笑声更有机械感，也许更响亮，冰箱没有打算遮遮掩掩。它只是站在那里，直挺挺地，发出断断续续、近乎抽泣的笑声。仿佛它已经被感染了，也在笑，或者在哭泣，但这并不重要。冰箱里的圣诞食物吃不完了，它可以像人一样，想笑就笑，想哭就哭。

我坐在我原来的房间里。我把我们的圣诞布丁放在脚下的羽绒被里，装着今晚剩菜的冷藏袋放在床下。如果运气好的话，明天还能继续过圣诞节，因为还有剩菜和布丁，现在我已经尽我所能让圣诞节继续过下去了。我把羽绒被拉起来围在身上，背上垫着一个枕头，父母放在我原来房间里的《大英百科全书》第一卷上放着一沓纸，感觉没有什么能触及我。我感觉无忧无虑，同时又充满严肃气氛。平安夜，我坐在枕头和百科全书之间，纸上记着人们遗忘的一切，脚边放着一盒圣诞布丁。

我把礼物放在客厅里，尽管它们很可能会消失。再送他们一次送过的礼物也没什么大不了的，所以我把纸揉成一团，扔进了花园棚子旁的垃圾桶。剩下的圣诞食物是最重要的，因为吃剩菜也是圣诞节的一部分。也许我们所庆祝的，就是总是有剩饭剩菜。可以带着一些东西继续前行，也许这就是冰箱发出唏嘘笑声的原因。

冰箱里现在一片寂静。我蹑手蹑脚地走过冰箱，来到父母的卧室，看着他们躺在床上：父母睡得很香，各有各的声音。两种不同的声音，我小时候从未注意过，也许是因为先睡着的人总是我，听的人是他们。或者也许是他们随着年龄的增长出现了这种声音。

我从厨房端来一杯水，拉上卧室窗户的窗帘。窗帘还是我十几岁时的窗帘，墙上的墙纸也没有换过：对角线图案，略带灰尘感的粉色，近似米色。我记得它的色调更偏粉色，但可能是我记错了。

第403次

自然，我们的圣诞节早晨开始得有点儿混乱。我的父母忘记了一切。我不得不把一切都告诉他们，从被烧伤到冰箱笑了，然后我们才能吃早餐。

他们是在我煮了一壶特浓的咖啡时醒来的，他们的惊喜再次低于预期。我妈妈显然很高兴我还能不声不响地来，而我爸爸则认为我妈妈是知情的。我们先坐在桌边，一边喝着浓咖啡，我一边重复着前一天已经给他们讲过的长篇大论，其中还包括我们的平安夜和圣诞节，以及我与冰箱的邂逅。我的故事快结束时，妈妈开始不耐烦了，她拿了面包和杏酱，而爸爸则取消了他本该参加的会议，当他回到厨房时，他煮了更多的咖啡，没有我的那么浓。我们吃着面包和杏酱，他们都试图理解我的故事，问了一些细节问题，并给了我各种建议，我不得不说，我已经考虑过或尝试过应用这些建议。

喝完咖啡、抹完杏酱后，我们直接开始吃剩下的圣诞大餐，尽管我坚持说这些食物都是冷藏了一夜的，是放在一个冷藏袋里，但我爸爸还是戳破了我的谎言，我坚持说这对健康没有任何危害。我房间里的剩菜已经凉了，用来冷藏剩菜的鸡汤袋只解冻了一半，我又把它们放回了冰箱。我认为他考虑的不是健康危害。他的犹豫更可能是因为他对吃完一顿的剩菜剩饭有些陌生，吃过却记不起来了。

我把土豆放在烤箱里热了一下，但妈妈觉得四个土豆不够。她又找到了三个土豆，那是我留在冰箱里的三个土豆，因为当时我的塑料盒里放不下了，但让我惊讶的是，它们并没有消失。在我阐述11月18日的运作原理时，我告诉他们，因为这些土豆是我亲手做的。现在，我开始解释一个奇怪的现象，那就是两个时间之间的转换并不明确，也不是简单的机械转换，而是类似于——至少我是这样向父亲解释的——一种光学现象，一种平行转换，也许是两个时间之间的一种相互重叠。我记得的这些时间和世界上其他人的遗忘，形成了鲜明的对比。这并没有一套机械的或一成不变的法则，而是有很多不确定性，但我还无法完全弄明白。正如这些烤土豆一样，它们就出现在我的时间与试图回到原点的时间之间留下的缝隙中。

我向他解释说，不确定性恰恰在于两种时间的交汇处，但他对我的解释并不满意。我坚持认为没有既定的规则，这不是一个机械问题。即使他不记得了，他前一天凉拌的卷心菜，以及我们轮流观看、翻转、戳过的烤箱里的吃剩下的火鸡，也很可能会留在冰箱里。我说，但我不想冒这个险。如果我不把火鸡和凉拌卷心菜放进我房间的冷藏袋里，不把一盒圣诞布丁放进我的羽绒被里，他现在能坐着戳两下的，可能就只有有点儿干的土豆了。其他东西都会不见，我们也吃不上剩菜了。诚然，我对自己的情况并不确定。我觉得，我和托马斯一起做的事情比在我的第一个11月18日，和玛丽一起在店里搬燃气取暖器要稳定得多，也许这也适用于你和家人一起做的圣诞大餐。不过，我可没兴趣拿圣诞剩菜做实验，冒着它们消失的风险。

我父亲仍然觉得自己吃的是别人的残羹剩饭，但他说这并不影响他的心情，只要他不用想象这是他自己在11月18日吃的圣诞大餐就好了。

我母亲觉得，人与事物的关系听起来就像老师与学生，就好像事物是一个可以教育的对象。在这个过程中，人必须与事物交流，甚至是说服它们，但是并没有一种特定的方式可以做到这一点。两种时间之间的转换没有一套机械的法则，她对这一事实没有异议。其中存在一些不确定性，我父亲强调他对此也没有异议。于是，他们俩开始讨论这两种时间之间的差异。有分歧但还算友好，所有讨论都是在这样的气氛中进行的，就好像时间转换的不确定性是日常生活中的小问题，比如一壶印花咖啡需要多少咖啡豆，或者怎么样才能劝说你十几岁的女儿干点家务活儿。就像以前经常听到的那样，我听到他们逐渐互换了观点，因为如果一个人在某个方向走得太远，另一个人就会不知不觉地站到对方的立场上，从而保持平衡。

我们的谈话并没有超出这种平衡，因为是时候准备我们的圣诞布丁了，布丁还在我的床脚，至少需要在炉子上热两个小时。

这次我们决定不给丽莎打电话了。我告诉父母，丽莎一直想和我一起旅行。但结果并不顺利。我告诉他们这不是传染病，我不可能把她拖进我的时间循环，他们也认为我们不应该把丽莎扯进来。

我没有提礼物的事，因为它们当然已经消失了，没有人会记得他们收到了什么礼物。此外，关于送什么礼物，我还有更好的点子，但我想，那得等到下一个圣诞节了。

相反，我和妈妈去了镇上。她说，她想给我买件礼物，而爸爸则在炉子前照看加热的布丁。她想给我买条连衣裙，或者别的，如果我想要别的的话。我想她愿意给我任何东西，让我不要带着她最小的女儿去未知的地方，我没好意思告诉她，我可以买所有我想要的衣服。至于她们是否愿意和我在一起，那完全是另一回事。这需要一定的说服力，需要对事物行为的洞察力，可以说是对物品的教育学。

我找到了一件灰蓝色的羊毛编织连衣裙，可以和我离开巴黎后每天都穿的黑色连衣裙一起穿，我偶尔会用住过的酒店里的肥皂或洗发水洗衣服。我不知道一件新衣服如果一直不穿能不能留住，但我把这件衣服从里到外穿了一遍，估计它会一直陪着我。两件裙子很搭配，没人能看出我在试图让一条裙子陪伴我。

在商店里，我还发现了一件长袖带护腿的羊毛内衣，冬天的时候可以穿在衣服里面。自从我有了庆祝圣诞节的冲动，冬天的想法就一直在我心中，当我看到内衣时，我知道我不能只买秋天的衣服，我需要购置一些冬天保暖的衣服。当然，我们已经过了一个差不多的圣诞节，炉子上还在热着最后的布丁，但布鲁塞尔的天气太像秋天了，树上留着太多的叶子，地上掉了太多的榅桲。

我妈妈说，她希望我能及时找到回去的路。她说她觉得我会成功的。她说，我总是我行我素。我不知道她说这话是什么意思，也不知道她说得对不对，但我什么也没说。过了一会儿，我们的谈话被一个店员打断，没过多久，我们就穿过街道，登上了一辆开往郊区的公共汽车。

我们回来时，已是下午时分。天色已经开始暗下来，当我们走在花园的小路上时，榅桲在几乎光秃秃的榅桲丛下发出黄色的光芒。我们吃了圣诞布丁，傍晚时分，我们从火鸡身上剥下最后一点儿火鸡肉，做了一些三明治。把大部分布丁吃掉后，我们并不是很饿。吃的时候并没有搭配妈妈买的香草冰激凌，因为它晚上从冰箱里消失了，这是当然的，而我忽视了这一点。但已经太晚了，没有人想出去买冰激凌回来。我想我们都有点儿累了，十点左右我们互道了晚安，准备睡觉。

在我上床后，妈妈进来看我，她坐在床边的椅子上，就像我小时候她经常做的那样，事实上一直到我离开家之前她一直都这样。我感受到了半大孩子的困惑，渴望她再次离开，这样我就可以继续过着没有她参与的生活，同时又有一种巨大的冲动，想沉入一个巨大难题都由大人来解决的世界。也许是希望她，我的妈妈，能把时间放在它的位置上，然后再偷偷溜出房间。就像有一次，她的一个学生在学校郊游时扭伤了胳膊，脱臼了。那次郊游丽莎和我也去了，当时我们站在一旁，看着妈妈把他的胳膊复位。他的胳膊歪得太离奇了，而当我看到那个害怕的男孩脸上露出欣慰的表情时，我感到非常惊讶和自豪。她用的是一种特殊的手法，既粗暴又温柔，与其说是拉，不如说是抬，一下子就把胳膊放回了原位。我当时一定在想，这就是妈妈们能做到的事情。妈妈能把脱臼的肢体放回原位，这让我感到特别安心。

但对于时间的重复，她也无能为力。我们讨论了一下明天我们会回到正常时间的可能性，脱离了循环、节点和重复，或者其他人常谈起的任何东西，这有点儿像那种每个人都有自己台词的义务谈话，或者像那种可能会和父母玩的那种幻想游戏。我还记得在一次餐厅场景游戏中，爸爸会把茶巾搭在胳膊上走来走去，我和丽莎会绘制菜单，在上面写满价格离谱的奇怪菜肴。现在，我们也玩起了圣诞节游戏，先是在平安夜，然后是圣诞节，现在我们假装有了出路。我的父母同意了这个游戏，而我的母亲也一直认为这一切很快就会结束，我们会在11月19日或者12月26日醒来，就像她说的那样，是个“节礼日”。但最重要的是，我觉得她松了一口气，因为我们熬过了这一天，我没有把妹妹牵扯进来，更没有把她带走。我告诉她，我希望她能继续收集榅桲，做成榅桲果冻——然后我会回来过圣诞节。

我说，我会找到出路的。我相信会有答案的。在某个地方，一定会有解决办法。我会找到的。我会继续旅行，我会四处寻找，我会倾听人们的谈话。带着字典，一定会用得上的。我说，如果你愿意倾听，这个世界充满了好的建议。

我不知道自己为什么会这么说。我已经开始考虑去哪里，我在想火车和乘客，现在我抓住了第一个念头，希望能让她放心。

她说，她没想到这一点，没想到可以通过倾听去找到解决生活困难的办法。在与家人和朋友的谈话中，也许可以。但你能从别人的闲聊中找到什么，她就不知道了。

我说，我相信只要认真倾听，你就能解决任何可能出现的问题，人生的大问题，所有的问题。如果你不能在人类的对话中找到答案，你可以试试去听鸟鸣声或者风声，你总能找到些什么东西。

我清楚地意识到，我是在旁敲侧击，因为我无意在旅途中倾听同行乘客们的谈话，也不想听风说话。我觉得自己就像一个半大的孩子，向空中抛出了一句话，现在却不得不跟着说下去，一半是为了反抗，一半是为了避免让她知道现在压倒我的想法：无论我做什么，无论我听不听，我都永远走不出11月18日。

我告诉她，我知道她有不同的想法。她始终认为世界上很多问题的解决方法只有一个：想要有任何改变，都必须从小事做起，从孩子做起。但事实并非如此，这么做不可能解决所有问题，如果我们意识不到这一点，那就什么都不会改变。

当我把话题转到我记忆中她的整个生活都围绕着的话题时，我妈妈似乎松了一口气。孩子们。她的学生，她自己的孩子，世界上所有的孩子。在她的生活中，每天都是圣诞节，我争辩说，因为在她眼里，每当一个孩子出生，世界就多了一个变得更美好的机会。事实上，她相信——当我这么说的时候，她也承认了——只要我们一次又一次地抓住机会，抓住每一个机会，我们就会看到改变，悄悄地，一步一步地改变。战争、暴力、滥用权力、腐败，所有这些都会减少，然后就会更容易解决其他问题：饥饿、疾病和贫困，一切问题。她一直坚信这一点。我想这是因为她自己的童年和她所受的学校教育，我想她真的是这样想的：那些在成长过程中没有受到伤害的孩子会自己把世界变得更美好。

我问她是否就是这样看待这个世界的，是否真的那么简单，她认为是的。她说，简单，并不容易。但她坚持说，这不是让自然状态占上风，不是这样的，孩子们需要得到帮助。

我制止了她，因为我已经知道她对儿童成长和学校教育中必要因素的看法。关于孩子们学习多国语言和打理花园的观点，关于歌唱和音乐的观点，以及关于应该帮助孩子们度过童年的观点。她常说，要像对待植物一样细心，但我告诉她，我认为她的思维方式是一种机械学，诚然是一种软机械学，一种救世主力学，孩子们要拯救世界。我说，这是一种简单的圣诞机械学，尽管我知道她不喜欢自己的思维被贴上机械学的标签。我父亲和妹妹都是这么想的：技术应该帮助我们。

然后我问她，她有过抱外孙的心愿吗，有过把儿童高脚椅从阁楼上取下来的心愿吗。她不知道。首先，也是最重要的一点是，她希望自己的孩子能过得好。她希望自己能一直帮助她的学生。也许还能修复一两处伤痛。她说，总有一天，她当然会想要外孙和外孙女，但现在，她对自己的孩子们很满意。

在她说话的时候，我已经爬到了羽绒被下面，现在她把羽绒被裹在我身上，就好像我是一个小孩子一样，突然她开始唱《在萧瑟的隆冬》[①]，声音非常小，几乎就像一首摇篮曲。

在萧瑟的隆冬，
霜风飒飒，
大地坚硬如铁，
池塘坚硬如石。
初雪已至，大雪纷飞，
白雪皑皑，在很久以前。

她从头唱到尾，唱了长长的五节，我情不自禁地坐起来跟着唱，我们总是在圣诞节唱这首歌。我唱的是中音部分。自从妈妈放弃让我唱旋律里高音的想法，转而教我在中间部分保持平衡后，我就一直唱中音部分。我妈妈和丽莎总是唱旋律，我爸爸则在背景中哼一些低音，所以我的任务就是保持在中间，不落入旋律部分或爸爸哼的低音中。现在我们唱的时候没有了低音，唱到最后时，我们才

① "In the Bleak Midwinter"，是一首关于圣诞节的诗歌，作者是英国女诗人克里斯蒂娜·罗塞蒂。这首诗后来被配上曲子，作为圣诞颂歌在英语国家广为传唱。

差不多唱好了这些音。

结束后，她道了晚安，走出了我的房间。过了一会儿，我穿上了新裙子。我把旧裙子套在外面，把羊毛内衣装进包里。

等屋子里安静下来后，我想他们都已经睡着了。然后，我蹑手蹑脚地走进去，想听听他们的声音。我能听到两个人睡觉时发出的声音，这是一对父母和一个成年孩子玩圣诞节游戏时发出的不和谐的合唱声。

我在扫帚柜里找到了一个手电筒，就把它带上了。我收拾好东西，从房间的书架上拿了几本书。我记得我曾说过要去布鲁塞尔买几本书。现在是真的要去做了。我已经从他们的书架上取了书，现在正坐在床上等待着。我清除了来访的痕迹，把布丁的最后一点儿残渣装进塑料盒，放进包里。我等待夜色抹去关于11月18日的记忆，然后在所有人醒来之前离开家。

第404次

现在我坐在火车上，想着我的家庭就像一个坚固的核心，边缘却在不断瓦解。好像总有什么东西在崩塌。

我想起了褪色的墙纸。我想起了妈妈的香烟，因为她忙着做别的事情，香烟常常被放在一边自己燃烧殆尽。烟灰像一条灰色的长线躺在烟灰缸里，吹一下就灰飞烟灭了。

我想起父亲总会在咖啡中放两块糖，想起茶匙和方糖在杯中发出微弱的碰撞声，糖的声音越来越小，直到消失，最后只剩下茶匙的声音。

我想起丽莎和我坐在浴缸里洗热水澡的情景。洗澡时我们有一件乐事，把沐浴液涂在瓷砖上，最后加水混合在一起变成褐色的汤。洗完澡后，我们可以拔掉塞子，让汤从浴缸里流走。还有的时候，我们会把漫画书或玩具目录带进浴缸，看完后就把它们泡在水里。我们会把一两页书放在水面上，首先纸张会变软，颜色会溶解，渐渐地，所有的书页都会变成灰色的薄片和小块的湿纸。

我想到了在家里使用的语言，语法混乱，词汇像是飘浮着，可以拼凑和交换。只要我们待在房子里，用的就是边缘松散、行动自如的语言。但一旦我们走出去，一切就有了分类。在学校我们说法语，去英国时则都用英语。正如我妈妈常说的那样，在这个“单语之国”，“单语”才是王道，在英国，我们很快就学会了遵守语言的形式，因为在我们说了“谢谢”和“请”[①]之前，没有人听得懂我们在说什么[②]。

现在，我想起了花园里的堆肥箱，树枝树叶、旧盆栽和厨房里的果皮被扔进堆肥箱里，混合在一起，慢慢地变色、分解，最后变成深褐色的堆肥撒落在地上，里面还爬满了又细又红的虫子，它们在灯光下疯狂地蠕动着。

我想起了家里装的烧木柴的炉子。我想起了热气和很快就化为灰烬的木片。炉子下面的那堆木柴，只过了几个小时就变少了，得经常补充。冬天拾柴火是我的工作，下

---

① 原文这两词为英语。

② 比利时有三种官方语言：法语、德语、荷兰语。北部弗拉芒地区主要讲荷兰语，南部瓦隆地区主要讲法语，东部列日省部分地区讲德语，而首都布鲁塞尔同时是弗拉芒地区首府和比利时的法语区中心，所以相对塔拉的家乡比利时来说，以英语为官方语言的英国是“单语之国”。这里指的是在英国的时候，塔拉姐妹只有开始讲英语，别人才能听得懂。

午放学后我会拾好一堆木柴。然后这些木柴会消失，向客厅输送热量，然后变成粉末。

正是有了树叶、果皮和木柴这些物体的“解体”，才能形成一个有固定场所、传统和归宿的家庭。我想起和托马斯在一起的那些雾蒙蒙的日子，仿佛正是这些日子让一切得以维系。

但现在我在火车上，而我的父母正安然无恙地在家里走来走去，好像什么事都没发生过。我摸黑离开了家，只有手电筒和路灯为我指引方向。天气很冷，但不是冬天的冷。我穿过居民区，走过郊区的商店，沿着小路进入市区，最终登上了开往布鲁塞尔南站的公共汽车。

在车站，我在唯一一家还营业的咖啡馆坐下。我到这家咖啡馆时，里面几乎空无一人，但在接下来的几个小时里，我看着车站里慢慢挤满了乘客，我在适当的间隔里移动着，等待着一个解决方案、一条出路、一段有意义的旅程，但我找不到任何解决方案，我只能去北方，去寒冷的地方，我必须过冬。在清晨，当客流再次减少时，我买了一张可以带我去北方的火车票。

我不再听火车上的人的对话，因为我知道我要去哪里，也没有人说“Winterreise”[1]这个词，尽管我早已跨过了德国边境。

第405次

到了科隆[2]，我下了火车，因为已经到了终点站。下车后，我穿过车站大厅，来到一个广场，大教堂耸立在我身旁，教堂的钟开始敲响。当时是下午4点钟，奇怪的是这里比布鲁塞尔还要暖和，在教堂前的广场上，扑面而来的是一阵暖风。这是一个没有下雨的下午。这个温度在11月算是相当暖和了。无论如何，在冬天也算是过于温暖了。我在广场中央停了下来，转身走回车站，坐上了第一班开往北方的火车。那是一列开往不来梅的火车，到站后，我向市区走去，找到了我把被恋人抛弃的女孩交给米色衣服女士手里后下榻的酒店。

我要求和上次一样的房间。天色已晚，我太累了，没

---

① 德语，《冬之旅》。

② 德国西部城市，位于比利时以东。

心思去买吃的，也没心思去想我的父母，他们可能就坐在厨房对面的角落里，我的位置紧贴着墙壁，也许桌子上放着一碗榅桲果冻，房间里弥漫着11月的香味。

相反，我吃了剩下的圣诞布丁，已经不那么新鲜，但其中的味道却让人感到欣慰，那也许是一种关怀的味道，就像有人还在关心我一样。那是一种浓浓的味道，关于圣诞、家人和过去。

刷牙时，我从浴室的梳妆镜中看到了疲惫不堪、即将进入冬天的自己。镜子可以转动，我沉浸在自己的思绪中时，不小心转动了镜子。过了一会儿，当我抬起头时，我看到了一张放大的脸，仍然是我的脸，但不仅更大了，而且更老了，因为仔细一看，上面有我从未见过的皱纹和小小的印记。这感觉就像穿越，差不多是从孩子变成了大人。成家让人变老。摇篮曲和圣诞颂歌会让人长皱纹。

睡觉前，我脱掉了连衣裙的上半身，但是算是整晚都穿着这件新连衣裙。今天早上我起得很早，因为天气太热，我不能穿着羊毛衫睡觉，但裙子一直陪着我，我放在床边的羊毛内衣也在这里。我已经做好了过冬的准备，早餐后我开始计划我的北上之旅。

我想象着去挪威的画面：我找到了一艘渡轮，可以带我沿着海岸一直向北，带我到一个有雪的地方。我花了大半天的时间研究航线，有一条从基尔[1]出发的航线，它在11月18日没有航班，可以在19日出发，但我等不到这一天。从丹麦出发的话有两条路线，一快一慢。慢船在晚上航行。但如果我晚上在船上待着会怎么样呢？渡轮能开到11月18日吗？会变成19日吗？它会回到起点吗？我也会随之移动吗？这个问题很复杂，我问了一家旅行社，他们能告诉我的也只有18点30分会有一班船出发，没有其他信息。如果我乘坐上午11点的火车，就能赶上那趟船，这样我明天早上就能到挪威了。也就是19日。原则上是这样。实际上，还有另一班快船，但今天取消了。最近挪威上空刮起了暴风雪，那艘船损坏了，不然的话，应该会有一班渡轮在午夜之前到达挪威。有人建议我乘坐飞机，列了几个航班，但我不相信11月18日的航班，也不相信所有的航班，而且我不开车，所以我决定改乘火车。我可以先去丹麦，然后再向北走。虽然会慢一些，但也不难，明天早上我就坐火车北上。我坐在酒店房间的窗边，现在是下午，多云，我正走向冬天。我向街

---

① 德国北部的港口城市，靠近德国和丹麦的边境。

上望去，车站就在附近，只要打开窗户，探出头就能看到。我可以看到街道另一侧的广场，那里的树上正在挂灯。有轨电车驶过，我能听到它们的声音，加速和停车的声音，我能看到灰蒙蒙的天空，我能感觉到空气中弥漫着寒意，与克利希苏布瓦的雨天不同，与巴黎凉爽的11月不同，与布鲁塞尔的秋天不同，因为没有风，与科隆过于温暖的午后不同，空气很锋利，这或许告诉我，冬天就要来了。

但我为什么不去更暖和的地方呢？去西班牙或意大利，去希腊小岛，去宁静的海滩。在雨中度过了这么多天之后，我想要的应该是阳光和夏天才对。但我想要的是冬天。我希望能迎来12月和1月。我希望时间开始流动。我希望见到很早就天黑的冬天，感受冬天的寒冷，而不仅仅是下着阵雨或阳光凉爽的一天，不仅仅是一次又一次的温和雨天，不仅仅有灰蒙蒙的天空和空气中的锋利感。

第406次

这里的冬天并不寒冷，更不用说下雪了。现在是下午。天空灰蒙蒙的，很安静，也不是很冷。今天早上，我一吃完早餐就从不来梅赶往汉堡。我乘火车穿过德国北部，在晨雾中只能隐约辨认窗外的风景。新明斯特[①]附近天色微亮，过了一会儿，我们又遇到了一片浓雾，铁道两旁只剩下几棵歪歪扭扭、几乎光秃秃的树。没过多久，浓雾就完全消失了，现在我在丹麦的欧登塞[②]，几年前我和托马斯来过这里参加拍卖会，我们就坐在这里，就是我刚才坐下的地方，在车站最角落的一家咖啡馆里。那时我们在等火车，现在我也坐在这里等火车。我们在这里的时候应该是冬天，但我不记得具体是什么时候了，也可能是早春。我只记得天空开始下雪。我们身边放着几个袋子，装着从拍卖会拍到的书。那是T.&T.塞尔特的第一年。我们经常一起去参加拍卖会，然后带着一箱又一箱的书回家，不是回克利希苏布瓦，而是回布鲁塞尔，公司就在我的

---

① 德国北部城市，临近丹麦。

② 丹麦第三大城市，也是著名童话作家安徒生的故乡。

微型公寓角落里的几个书架和一张书桌上，托马斯带着以前的东西搬到了T.&T.塞尔特。我们做了几笔成功的生意，我们找到了对古籍的特殊感觉。渐渐地，我有了一种特殊的感觉——至少是对书籍、排版、纸张和科学插图的特殊感觉。事实证明我们能找到合适的书籍，我们能找到买家，或者更准确地说，托马斯能找到买家，他们很快就意识到我们能找到他们想要的作品，或者他们之前不知道自己想要的作品。我们充满热情去参加拍卖会，拎着大大小小的行李箱和袋子。我们知道这是我们自己的事，是我们一起做的事，是我们携手合作让这些得以实现。我们是一家公司，是旅行者，也是爱好者，是买家，也是卖家，我们有有趣的发现，有时也会买错东西，过了很久才能转手，但这并不重要，因为错误是我们一同犯下的，不追究是谁犯的错误；意外之喜也是一同经历的。

在火车站，我们找到了一家咖啡馆。现在我正坐在这家咖啡馆的扶手椅上，面前放着我的文件。而那时我们坐在沙发上，行李放在周围，拿着咖啡杯和蛋糕、三明治，或其他什么东西。我们拖着行李艰难前进时，雪开始落在外面的铁轨和站台上，我们的火车马上就要到站了。

大片的雪花飘落下来，密密麻麻，四处盘旋，因为体积大，飘落时显得有些犹豫。我们的火车还没有到站，我们站在窗边，看着大片的雪花飘落在屋顶和铁轨上。几位旅客聚在窗前，我们一起站着看外面的雪花飘落，落在站台上方的屋顶上，落在空荡荡的铁轨上，可能还落在车站周围的街道上，落在我们看不见的房屋和道路上。雪花漫天飞舞。我们就像站在一个玻璃容器里。不是那种可以买来当纪念品的玻璃雪景球，摇一摇，雪就会落在城市或建筑物上的那种。恰恰相反，是外面的世界被摇晃了，而我们静静地站着。车站外雪落了又落，车站突然从一个普通的火车站变成了一个景点，一个神奇的地方。

我们的火车驶出车站时，雪已经停了，但到处都是白茫茫的一片，我们坐着火车在白茫茫的雪地里穿行。但是很快雪又消失了，不知是因为雪融化了，还是因为我们到了没有下雪的地方。我不知道。因为这时我们已经不再沉醉于眼前的景色了。我们坐在半空的列车里，中间放着一张桌子，我们从包里拿出了一些购物袋。我记得我翻阅了一本小册子《冷水分析》[①]，还记得有一本《化学亲和势[②]

① 原文为 *De Analysi aquarum frigidarum*，拉丁语。

② 化学亲和势是化学热力学中的一个物理量，用于表示一个体系发生化学反应的趋势和反应可能达到的最大限度。

论述》[1]，这两本书都是从拉丁文翻译成法语的，但作者都是瑞典人，我想应该是叫伯格曼或柏格森的。也许我记得这些书是因为它们是我们买错的书，而且基本卖不出去。前一本过了几年卖掉了。后一本则根本没卖出去，可能是因为少了几块图版，这些图版本应该贴在书的背面，而我忽略了这一点。后来丽莎开始读化学专业，我们就把这本书作为圣诞礼物送给了她。我不记得我们买的其他书的书名了，但我记得它们都是在漫天大雪中发现的作品。

这也许就是我来到这里的原因。我本以为是冬天，但今天却没有雪，目光所及之处也没有酒，除非桌上的蜡烛是在为冬天指明方向。空气中弥漫着11月的气息。柔软的扶手椅上也弥漫着11月的气息，在那里我暂时卸下旅行者的身份，我坐在那里弄平那一沓白纸，写着关于雪的文字，因为我还没有启用我的绿色帆布笔记本。我垫着一个文件夹，在一小沓纸上书写，没有成行，也没有方向。尽管在靠椅上、咖啡馆的桌子上和火车座位上写东西用帆布本更方便，但我还是坚持用这些散着的纸写，我想这可能是我最后的希望，希望时间的缺陷是暂时的，希望下一张

---

① 原文为 *Traité des Affinités Chymiques*，法语。

纸根本不会被填满，因为时间已经变得正常，没有更多的11月18日。

当然，我不再相信时间会突然恢复正常，但我对这种可能性持保留态度。从我在帆布本写下第一行字的那一刻起，我就已经允许我的11月继续下去，一行又一行，一页又一页，直到本子中写满11月18日。那是很多页，很多行，我不能想得那么远。我希望自己走出11月，进入一个四季分明的世界。我希望草地上有雪和冰霜，也许会有几天严霜，不一定是冰天雪地，也不一定是几米高的雪堆，只要是我所熟悉的冬天就行。天气寒冷，花园里有喂鸟台，到处一片洁白，夜晚寒冷的星空偶尔会飘起雪花。我想要1月的风和霜冻。我想要水坑里有一层薄冰，走上去冰就会裂开。还有风，冬天的风，冰冻的风。还有雪，就像老塞尔特的花园里下雪时一样，足以让韭葱盖上一层白雪做成的被子。甜菜变得柔软，中间的叶子卷曲，只有在霜冻消失后才能再长出来。还有接下来的春天。我想要和煦和温暖的春风。我想要3月和4月，以及柔和的春日阳光。我想要温和的阳光和复活节的日子。我想要5月和温暖。我想要6月、7月和8月，但前提是它们必须在冬春之后。我想要夏天和海滩。我想要炎热的阳光和温暖的夜晚。午夜时分，我可以坐在户外欣赏夜色。我想要夏末和秋初，我想要9月的晨雾和10月的晴空，以及因时间流逝而飘落的树叶。我希望四季井然有序，值得信赖，按照正确的顺序缓步而来。

我不知道自己为什么没有在下车前查看天气预报，因为我本可以告诉自己，向北旅行几个小时后就不会是冬天了，而现在我正坐在车站一角的扶手椅上想着冬天，但我必须继续前行，这里不是我找到冬天的地方。我找到了车站，听到公共广播系统的呼叫声，咖啡机的嗞嗞声，杯子的叮当声，火车停靠的哐当声。我坐着，看着旅客，看着对冬天来说过于轻薄的大衣，看着过于宽松的围巾，看着轻便的背包和双肩包，周围一切都是11月的景象。但转瞬之间，我就出去寻找去北方的火车，我买了去哥本哈根的车票，在那里换乘去马尔默[①]的火车，然后我就到了瑞典，我就一定会走向冬天，走向一些看起来像12月的东西，一些能给我指明通往1月的路的东西，还有2月。我希望如此。

---

① 瑞典第三大城市。位于该国最南部，隔厄勒海峡与丹麦首都哥本哈根相望。

第407次

就在赶火车的路上出了问题。我甚至还没走到站台。我站起来，走了两步，刚离开咖啡馆的沙发，就迈出了错误的一步。这并不是因为我没有注意到高度差：车站大厅的地板和我坐过的凹陷处只有一步之遥。相反，可能是因为我把包扛在肩上，就在我踏上火车站大厅的地板时，重心发生了偏移，或者说我以为我踏上了地板，因为我歪歪扭扭地迈出了脚，结果踩空了，我的两条腿绊了一下，一下子失去了平衡，扭了脚，先是转了一圈，然后摔倒了，包和所有的东西都摔在了火车站大厅的石质地板中间。倒不是因为我摔得太重，而是我的脚踝扭得太厉害，以至于我刚站起来时无法控制我的脚。几个路人把我扶了起来，把我安置在一个我可以扶住的高台上。我向他们保证我没有受伤，让他们不用担心。

恢复了几分钟后，我的脚终于可以沾地，步履蹒跚地走向通往4号站台的入口，我要乘坐的列车即将从那里出发。幸运的是，我来得还算早，从窗口可以看到火车还没有到站，于是我走到自动扶梯旁，下到站台上，蹒跚地沿着铁轨走着，火车就快进站了。

离发车还有很长时间，我一瘸一拐地沿着站台寻找我的火车车厢。我好不容易找到了车厢，拖着脚和包上了火车，并在火车开动前找到了自己的座位。我旁边的座位空着，我背对着窗户坐下，脱下伤脚上的靴子，把脚放在空座位上。

在接下来的一个多小时里，我的脚肿胀得厉害，以至于在接近哥本哈根时，我不得不放弃重新穿上靴子的想法。我的脚疼得厉害，任何想继续前往瑞典的冲动都消失了。我乘坐自动扶梯来到车站大厅，问讯处的工作人员帮我找到了一家药店，在那里我可以买到绷带和止痛药，还可以找到一家可以过夜的酒店。

幸运的是，药店离车站很近。我在药店买了一盒止痛药和一条弹性绷带来包扎我的脚，但药店店员建议我去看医生，因为从我脚的肿胀程度来看，这可能不仅仅是脱臼。药店店员警告说，我的脚踝可能骨折了，也可能是韧带受损。她说这话的时候，我正拿着靴子，单腿跳着打算付杂七杂八的钱。她说，无论如何，我的脚最好不要再活动，最好抬高，比如放在垫子上。她给了我一个急救电话和急诊室的地址。

我坐在药店的矮凳上，把弹性绷带缠在脚上，走到街上，很快就找到了离药店几分钟路程的酒店。我穿过一条宽阔的街道，找到了酒店的前门，走到接待台前，我手里仍然拿着靴子，但这次脚上的绷带可以很好地解释为什么我手里会拿着靴子。幸运的是，这里有空房间，在再次解释了我不喜欢清洁用品的气味后，我拿到了一张房卡。由于天花板上有轻微的水渍，这个房间已经有几天没人住了。我坐电梯到了房间，吃了两片止痛药，躺在床上，把脚放在枕头上。我看了看那片水渍，是在天花板的一角的一块黑斑。

我昨晚没怎么睡，今早也没下来吃早饭。原本没那么痛了，但夜里疼痛再次袭来。尽管我吃了几片药剂师开的药，但可能还是逃不过去急诊室的命运。现在还不是冬天，我还没到北方，或者说还没走到足够远的北方，现在我就坐在这里等着药效发作。我一直穿着羊毛衫睡觉，但这并不能说明现在是冬天。这里很暖和，过一会儿我就会脱掉衣服，从包里拿出那件旧衣服，然后去急诊室。

虽然需要等待一段时间，但并没有酒店前台说的那样漫长。我打车去了急诊室，在候诊室待了几个小时，经过简单检查后，我坐在长长的走廊里等待拍X光片。医生并不认为我的脚骨折了，但为了以防万一，还是需要进一步检查。

在长廊的另一把椅子上，坐着一位与我同龄的妇女，可能比我大一点儿，她带着一个受伤的孩子。那个女人骑着自行车在红灯前急刹车时，她的孩子从座位上摔了下来，孩子的手被卡在翻倒的自行车下面。她说，他大声尖叫，五年来从来没听到过他这么大声地尖叫，平时他甚至从不大哭，但这次哭了。她担心他的手骨折了，于是立即来了不远处的急诊室。现在他们就像我一样坐在这里等着拍X光片。男孩已经停止了哭泣，但他的手肿了起来，于是我们带着各自的伤，坐在那里交流经验。男孩会说英语，因为他和妈妈一起去荷兰学习时上过国际幼儿园，他突然对我的伤很感兴趣。我受伤的时候哭了吗？为什么我受伤后没有立即去急诊室？我真的是把脚放到火车座位上吗？他看了看妈妈，显然平时妈妈不允许孩子把脚放在座位上。我向他保证我已经先把靴子脱掉了。他妈妈点点头表示认可。她是一名气象学家。事故发生时，她正准备先送儿子去幼儿园，然后再去气象研究所上班。

我们聊了一会儿天气，以及我试图去更寒冷之地的想法。说来我自己都感觉惊讶，因为我告诉她，我现在为一家电影公司工作，并外出为一部将于明年11月拍摄的电影寻找外景地，这部电影将包含几个季节的场景。我说，秋天的场景将在佛兰德斯[1]拍摄，但现在我要去北方寻找冬天场景的拍摄地。这些地方必须是11月有可能下雪的地方。

令我惊讶的是，她相信了这个故事，当我们坐在那里等待时，她从包里拿出电脑开始找雪。她找到了瑞典和挪威的几个地方。她的儿子被叫去照X光片时，她让我等她回来。不久后，我自己也被叫去照了X光片。我的脚没有骨折，但扭伤得很严重。我预计要持续几个星期让脚保持固定，除此之外，我也无能为力。我的脚上缠上了新的绷带，绷带周围还用塑料加固，这样我就可以出门了，尽管我不能穿鞋。

气象学家的儿子也没有骨折。因为儿子出了事故，她已经告诉单位要请全天假，所以现在她建议我们找一家咖啡馆，仔细研究一下我的四季。她答应给儿子买一个冰激凌。我想，我们应该能找到，并提议我请他们出去吃午饭。

不久之后，我们坐在附近的一家咖啡馆里喝咖啡、吃

---

① 西欧历史地名，泛指古代尼德兰南部地区，大体上包括现在的比利时、卢森堡和法国东北的部分地区。

三明治，气象学家的儿子还吃了一份冰激凌。等我们吃完，气象学家的儿子也吃了一半，她又开始研究斯堪的纳维亚半岛11月份的降雪量和降雪数据，并给我看了几个网站，让我自己去搜索。如果我有移动存储器，她可以把她所有的研究结果传给我，我可以从那里开始着手。我说我没有，但她建议我出去买一个，也许还可以顺便带上她的儿子。我在路上看到有家玩具店，我想我可以在她工作的时候给他找个礼物。

小男孩迫不及待地要去玩具店实地考察，他毫不犹豫地用没有受伤的那只手拉着我的手，告诉他妈妈我们要去看玩具。妈妈勉强同意了，我们走出咖啡馆，沿着街道来到小店。我一瘸一拐地走着，而他的手还缠着绷带。

在路上，我们聊起了幼儿园，他用小孩子的英语告诉我他的荷兰幼儿园和丹麦幼儿园的不同之处。我向他介绍了我在比利时的幼儿园，没过多久，我们就开始讨论幼儿园和儿童花园的问题，以及为什么“幼儿园”这个词与

“花园”[1]有关。

在玩具店逛了一圈后，出乎我意料的是，孩子在众多积木和塑料玩偶中选择了一个红色带白色大波点的浇水壶。我又买了一个花盆和一盒四包的蔬菜种子，店员帮他装袋后，我们又去了街边的一家电器店，然后回到了咖啡馆。我买好了移动存储器，甚至一度考虑买一台笔记本电脑，但想到它可能无法保留信息，所以我又放弃了这个想法。

过了一会儿，当我们走进咖啡馆时，气象学家的儿子小心翼翼地一只手拎着包，缠着绷带的那只手拿着浇水壶。他瞥了妈妈一眼，似乎不太确定她会对这份礼物做何反应。她特别高兴的是，他的两只手都能用了，而且没有疼痛感，她看到浇水壶后笑着告诉我，他们正在公寓的后院开辟一个社区菜园。

我把移动存储器递给她，她开始向我解释她收集到的

---

① kindergarten，来自德语，kinder是德语“儿童”的意思，同英语中的children，而garten是德语“花园”的意思，同英语中的garden。德国教育家弗里德里希·福禄贝尔在1837年建立了欧洲（也是全世界）第一所幼儿园，并在1840年发明了kindergarten一词，他这样解释：幼儿园如同花园，幼儿如同花草，教师犹如园丁，儿童的发展犹如植物的成长。

温度曲线和数据集。她发现有几个地方在过去五年里每年11月中旬都会下雪。通常要往北走一点儿才能确保下雪，但现在瑞典南部确实下雪了。今天早上，内陆的隆德[①]下了一场晨雪。她说，有三厘米。但气温已经升高，所以雪在当天结束前就会融化。斯德哥尔摩先是下雨，然后是晴朗天气和夜间霜冻。这并不罕见，但也不是我可以指望的。如果我想确保能遇到下雪或结霜，就必须去更北边的地方，但从气象角度来看，找到我们可以使用的地点并不是问题。

她还查看了春季天气和夏季天气。她下载了一些不同地区的统计数据和一些今天的快照地图。有很多选择。对于春天的场景，她选择了通常降水较多的地方，这样就不会太干燥，但这是否足以营造出春天的假象，她也说不好。当然，你也可以去南半球旅行。那样的话，11月就会有春天了。英格兰南部是一个更加唾手可得的选择。她自己曾在康沃尔度假，那里的秋天非常温暖，以至于养羊人会在秋天中段繁育小羊羔，而不是按照大自然规律让羊羔在春天出生。她说，在田野里，所有新生羔羊几乎都洋溢

① 瑞典南部城市。

着春天般的气息。

欧洲南部有几个地方可以感受到夏季的天气。她发现有些地方有着北欧人认为典型的夏季天气：阳光明媚，相当温暖，有几朵云，水温在19摄氏度左右。她在西班牙南部找到了几个她认为合适的地方。现在，天气预报说晚上会暖和，傍晚的天气会比较平静，她认为有可能找到一些适合夏天待的地方。

她不能保证明年的天气会遵循统计数字，但这可以作为一个指导。我向她表示感谢。我告诉她她不知道这对我有多大帮助，并向她介绍了一下这部电影。我说，故事的时间跨度是一年，从一个秋天到另一个秋天，讲述的是一个男人在失去妻子后孤身一人，但仍像妻子在世时一样种了很多蔬菜。影片讲述的是他在试图赠送菜园丰收成果的过程中遇到的人们。我们必须呈现四季的菜园，而且只有几周的时间来拍摄室外场景，因此我们必须根据天气情况来移动。这位气象学家想知道，我们是否必须在不同的地点种植不同生长阶段的蔬菜，以及我们是如何解决这个问题的。我说我们还没有决定，但我们也许可以在拍摄时弄一些道具蔬菜。我不明白我的谎言从何而来。我从来没有撒谎的习惯，但现在我却在构思一部并不存在的电影。

幸运的是，这位气象学家现在开始就我们与季节的奇怪关系进行哲学思考。她谈到了天文季节和气象季节。她谈到了将日历年分为春季和夏季，谈到了当气象现象与日历不符时人们的惊讶，尽管每个人都知道，让天气与行星和日历的可预测性同步的所有尝试都是徒劳的。

此外，她不认为季节可以被视为气象现象。她说，温度和降水是气象现象，寒冷和炎热、云雾和干旱也是气象现象。但季节是这样的吗？她认为更多的是心理现象，是一种记忆的浓缩和公认的定型观念，也许还是经验和感觉的集合体。比如，尽管才到了7月末，人们还是会问夏天是不是马上就要过去了，因为感觉夏天有点儿凉。她说，人们觉得在特定的时间就应该出现特定的天气现象。夏天就该炎热，冬天就该寒冷。作为气象学家，好像只有在你预测了某种特定的天气后，你才算完成了工作。今年会有冬天吗？好像季节是我们随身携带的某种想法。她说，也许是从童年开始，冬天就该下雪，夏天就该晒太阳。或许根本不是这样。也许人类的四季大多属于胶片或相册，尤其是有了孩子之后。她自己也做过这样的事情：拍摄典型季节的照片。她注意到，当季节符合自身的期望时，她会拍下更多的照片：冬天的雪景和夏天的明媚阳光、海滩上温暖的一天、红叶和黄叶、在秋天穿着橡胶靴子的孩子。总会拍到穿着凉鞋的夏日照片，即使夏天才是一年中穿橡胶靴子最多的季节。就好像我们有四季的模板，当一切都符合时，我们就会拍照。好像把天气拍好本身就是一件大事。她说，如果拍摄的是冬天，总会有一点儿雪，或者冰霜。即使影片的背景是南欧，也会撒上一些雪，这样我们就能看出是冬天了。

我说，我也只需要一点点雪。一丁点儿只要足够让人觉得不再是秋天就行。一些枯萎的花茎加上一点儿雪或冰霜就可以了。一棵光秃秃的树，映衬着傍晚的天空。几排韭葱上有一点儿白色，也许还有一个屋顶上有雪的温室。我说，水洼里有一层薄冰，踩上去会裂开。

这似乎让她很开心。她看着爬到她腿上的男孩，打开了一个种子袋。我们谈到了春天和长出萌芽的田野。但她说，实际上，很多作物在秋天也能播种。它们发芽了，是绿色的，但我们认为秋天的田野是黄色的，而所有的绿色都是春天的。

我说男孩拿的种子袋里的一些种子现在就可以播种。如果秋天在花盆里播种了花椰菜，它们就可以早点长出来，这样就可以早些吃到花椰菜了。如果他们运气好，在毛毛虫来之前就能吃到花椰菜。如果她家有阳台，植物发芽后就可以放在外面，如果天气太冷，也可以放在院子里，盖上防寒罩过冬。我听得出来，我在传授托马斯祖父的一个园艺技巧。他总是在秋天播种花椰菜。这位气象学家认为这听起来不对，但我说可以这么做。我想，哥本哈根市中心的气温应该和老塞尔特年轻时克利希苏布瓦的气温差不多，但也许11月有点儿晚了。秋天播种花椰菜已经写进了塞尔特在工具棚里的图表里，托马斯和我看到过他在冬天检查他的有盖花盆，但我们自己还没有尝试过。大自然要打烊时，播种就变得很困难。

我们交流了几句关于花园、芽菜和她现在用来种花椰菜的阳台的话题后，气象学家把移动存储器给了我，准备离开。她帮儿子把缠着绷带的手穿过外套袖子。儿子没有受重伤，她很明显松了一口气，并祝愿我的脚早日康复。我再次感谢她的帮助，并提醒她小心驾驶，稍后我们在街上互相道别。她说，他们并不需要走多远，事实上，我们当时就在事故发生的路口，他们就住在这条街的另一头。说完，她给我指了一条通往公共汽车站的路，那里有一辆开往市中心的公共汽车。

在等车的时候，我隐约感觉到了冬天的气息。虽然没有下雨，但空气很潮湿。我没有穿羊毛衫，脚上只缠着绷带和塑料套，冻得直打哆嗦。上车后，我想，也许这里的天气就像布鲁塞尔或克利希苏布瓦12月的天气一样。天色渐渐暗了下来，我已经感觉到我的气象学家朋友为我指明了通往冬天的道路。

回到房间后，我从包里拿出了移动存储器。我对11月18日的技术的信心微乎其微，对明天移动存储器上是否会有任何信息不抱太大希望。幸运的是，大厅里有一台电脑，我马上就会带上我的绿色帆布笔记本，输入我需要的信息。不是为了一部电影，而是为了在11月18日的某个地方等待我的季节。

第408次

当我今天早上起床来到大厅时，移动存储器确实已经空了。我在酒店的电脑前度过了大半个晚上，并将气象学家提供的最重要信息抄写到了我的绿色帆布笔记本上。在前台，我打印了一些气温表和降水量表，折叠起来放进本子里。为了安全起见，我睡觉时把所有东西都放在枕头下，包括移动存储器。当我醒来时，移动存储器还在，但存储的东西没了。不出所料，那个笔记本还在，上面写满了笔记，后面还有折叠好的图表。

我的脚仍然又疼又肿，在酒店吃早餐时，一只脚上穿着靴子，另一只脚上缠着绷带。吃完饭后，我回到房间，拆掉绷带，蹒跚着走到最近的鞋店，买了一双厚袜子和一双大了一号的靴子。这双靴子既有拉链又有鞋带，我穿上羊毛袜，把一只靴子的拉链拉开，正好可以套在缠了绷带的脚上。现在，我已经为冬天做好了准备。我走得很慢，一瘸一拐的，但不冷也不湿，明天我就要向北走了。

第409次

今早醒来时，肿胀已经消了一些，现在我可以拉上靴子的拉链了。我走得很慢，鞋带也没绑紧，但我正在走向冬天。收拾好行李，把旧靴子放在房间的衣柜里后，我小心翼翼地走到车站，在那里买了一张去隆德的车票。

我已经订好了那里的一个空房间，因为今天早上五点多一点儿，我就请我住的酒店的接待员帮我在隆德的一家酒店订了一个房间，最早七点钟到达。七点多一点儿时，我又请新来的接待员帮我把抵达时间推迟到今天上午，现在我又有了一个办法，确保我在11月18日醒来时房间没有人住。

气象学家预测早上会下雪，但当我在深夜抵达时，雪已经下得差不多了。这并不重要，因为我能感觉到空气中的寒冷，这是冬天的空气，明天早上估计还会下雪。我小心翼翼地走过湿漉漉的街道，还在公园里看到了小块的积雪。我想到了12月和1月。我数着日子，按道理我会迎来12月31日。

我坐在房间里，俯瞰着没有下雪的屋顶，但我在等待降雪。我在等待冬天的到来。耐心地等待，因为我知道它即将到来。在我的绿色帆布笔记本上，我写下了12月31日，也许这是一个谎言，一个白色的谎言，一个冬天的谎言，但我只把它写在这里，写在一张纸上，过不了多久，我就会出去买香槟，我会庆祝我的白色小谎言，希望新的一年有冬天、春天和夏天。

第410次

一醒来就是大雪天。我一睁开眼睛就看到了雪：白色或近乎蓝色的光线洒进房间，窗外的屋顶被雪覆盖。我的房间在市中心一家小酒店的三楼，因为没有拉上窗帘，所以从床上就能看到雪景。我拿起绿色的笔记本，坐在被子里，写下了“1月1日”。

我写下了“雪”和“冬天”。我写下了“瑞典”和“隆德”，写下了酒店的地址和房间号。我写下了屋顶上有雪，后来，在城市里走完一圈后，我写下了“寒冷”，写下了“湿漉漉的街道”，穿着我那双稍大的靴子慢慢走动时，好多地方的雪融化成了水。我整晚都把靴子放在床脚的袋子里。我没有写靴子是放在袋子里的，但我写了在哪里可以买到手套，还有一家咖啡馆可以喝到加了香料的热红酒。

我找到了通往冬天的路。这是一种新的生活，四季分明的生活。我好像度过了有着正常时间流动的一年。这是与我的11月18日并行的一年。我知道这是我正在打造的东西，一座建筑。我正在用我能找到的碎片拼成一幅拼图。但我不会把这些写进我的笔记本里。我写的是把我的日子变成冬天的一切，书中有足够的篇幅写冬天、春天、夏天和秋天。我不再相信自己会在一个恢复正常的时间里突然醒来，但我相信季节，脆弱而自制。当我拿到我的笔记本时，已经不是11月18日了。或者说，不只是11月18日。今天也是元旦。也有过圣诞节。有火鸡、烤土豆、圣诞树干蛋糕和圣诞布丁，昨晚是新年夜。在11月的晚上，要买到香槟并不容易，但我还是买到了，在我的笔记本上，我写下了一家卖香槟的餐馆的地址，因为没有商店能买到香槟，我还写下了“新年夜”[①]，因为在瑞典就是这么叫的。

第416次

我追随着一年。我找到能让我想起1月的地方，我所熟悉的1月。克利希苏布瓦的1月，比利时的1月，欧洲中

① 原文为nyårsafton，瑞典语。

部的1月。我不需要很多雪，下点小雪我已经满足了。我在商店里找到了1月，我找到了1月的菜肴。我喝着汤，或者喝加了苹果和肉桂的茶。

突然间，我想象我的生活就是这样塑造的，年复一年。季节簿是我的手册，是我的旅伴，是我的向导。我正在打造我的未来。如果我要有未来，我就必须有岁月，如果我要有岁月，我就必须有四季。没有四季，就没有时间。如果我想要四季，就必须自己打造四季。如果我必须有未来，我就必须自己打造它。我把四季的各个部分、各个小碎片收集在一起，然后写在我的笔记本上：四季的成分。

这不像一个花园。我不播种，不浇水，不收获。它不像一座房子。我不砍树，不砸石头，不烧砖，不砌墙，不盖屋顶。我找到现成的部件，季节性建筑的小零件。我在我的季节簿上搜集信息，我想到工具，想到螺丝刀、内六角扳手和不同尺寸的螺母，想到螺丝和钉子，想到胶水和水泥。我把这些部件组合在一起，也许我可以打造出“一年”。

如果成功了，我将拥有一台季节机器，这就是我正在打造的。我想象着，我必须在这些季节中循环往复，我必须返回，我可能还需要冬天，需要春天。我想象着我必须打造自己的夏天，我正朝着一个模板、一种生活模式前进。我心中充满了莫名的兴奋。我有了期待，期待我自己打造的春天。但我首先需要冬天。一切都得有条不紊地进行。到了春天，我就可以期待夏天了。

第424次

我继续向北，走向寒冷，走向2月。我在季节簿上填满了信息。我发现了降雪。雪不大，但这里很冷，冬天不只是下雪。11月的斯德哥尔摩就是冬天。如果我早些起床，就能找到有小路的公园，小路上有水坑，有些水坑上因为寒冷结了一层薄冰。我可以踩在冰面上，发出细微的嘎吱声；我可以走在草地上，发出安静的冰冻声；我穿着稍大的靴子，小心翼翼地走过草坪。

我的脚还疼，但已经消肿了，现在我两只脚都穿上了羊毛袜，因为羊毛是冬天的一部分。冬天就要穿羊毛，冬天还要穿大靴子，我的靴子也经历了冬天。它们走过公园，走过冬天的水坑，有了它们，我可以尽可能跟上。

不在晨霜中、冰冻的水坑里行走时，我会去冬季电影院，阅读冬季书籍。我找到了一个英文书图书馆，找到了有冬季故事的书店，有时还会找到有冬季题材的电影，穿着靴子在冬日的黑暗中坐上几个小时，然后再出门，这时还是冬天。

我把这一切都写在我的季节簿上。我写下很多书名和电影名。我写下酒店和空房间的数量。我用冬天的语言写下单词。我想我可以学瑞典语，我会年复一年地回来，我必须会说冬天的语言。我发现，瑞典语的“银河”是“vintergatan”，字面意思是“冬天的街道”。它一年四季都叫这个名字，在11月也是如此。但我不在季节簿上写11月。我把11月写在白纸上，放回包里。它和其他纸张一起，被装在一个黑色的硬纸板文件夹里，文件夹外面是冬天。

第427次

我想念什么？在客厅的壁炉里点火。然后我找到一间有壁炉、木柴和火柴的客厅，点燃火。

我想念什么？我想念一个冬天，在那个冬天，花园里长满了韭葱和甜菜，上面还覆盖着一层细雪。然后我发现了一个花园。我找到了一座空房子。我找到了羽绒被和毯子，清晨，我可以望见花园里的一层细雪。

我想念什么？有时我会想念春天，但春天还没到。我只能等待。我把过于轻薄的大衣留在了住了几天的木屋的厨房长凳上，买了一件保暖的冬衣，因为我有冬天了，真正的冬天。谢谢你，气象学家。

第446次

现在，我对冬天已经欲罢不能了。它看起来像我所知道的冬天，但还不够。我不能满足于一场过眼云烟的小雪。我在寻找冬天的核心，冬天的原型，冬天的本质，冬天的浓缩。我在山间旅行，我向上、向北，沿着小路前行，雪已经在那里沉淀下来，似乎打算留下来。我沉思着风景，在季节簿上写下名字。一个地方接着一个地方，一个又一个名字。我记下街道和餐馆。我在本子上写下空房子的地址和冬季食谱。

第451次

这是宁静的冬日。我在寂静中醒来。现在是冬天，我在芬兰，已经进入冬眠状态。我去过北方旅行，我想象得到的是西伯利亚式的寒冷，虽然我不知道为什么我会觉得这里的冷是西伯利亚式的，而不是芬兰式的。我在没人住的房子里找字典，努力学习新的冬季语言。天气很冷，我趴在羽绒被和毯子里，一动不动。“peitot ja viltit”是“羽绒被和毛毯”的意思。“talvi ja lumi”是“冬天和雪”的意思。

我想象着自己年复一年地回到这里，躺在这里冬眠，每年我都会得到更多的词汇。我找到了枕头，床单和被褥，床和椅子，厨房和厨房里所有的盘子、刀叉和锅的词语。我找到了房子、屋顶和烟囱的词语，把门和窗户带进了我的冬季语言。我得到了森林、道路和城市，每年都有新的词语，一种在寒冷和大雪中不断生长的语言，它又变成了冬天、春天、夏天和秋天。我又回来找到更多的词语。有些东西正在生长。我开始想象未来。谢谢你，冬天的语言。

第456次

我吃冬天的食物，买冬天的衣服。我从一个地方到另一个地方，慢慢地，但不要太慢，我不会停留太久，因为那时我意识到，不仅仅是我的语言在增长，还有一个怪物也在成长。这不是我在季节簿中写到的东西。我正在吞噬我的世界。我必须不断旅行，这样才不会吞噬世界。我是一个旅行的怪物，一个冬天的怪物。

我曾在餐馆看到菜单上的冬日例汤被抹掉，因为我已经连续几天喝汤了。我在超市里看到货架出现空位置，是我曾经买过的鲱鱼罐头，还有脆面包和奶酪包的位置。我找到了其他地方，改变了冬天的习惯，改吃黑面包，因为商店里有很多黑面包，我找到了新的奶酪和更大的商店，人们看不出我去过那里。我在觅食中度过2月，向北走，走得更远，坐汽车和火车。我在移动，缓慢而坚定地走过冬天。

越往北走，白昼越短。早上醒来，我度过了冬日的一天，不知不觉中，一天就过去了。

第462次

也许我在冬天走得太远了。我在挪威，坐火车来到一个铁路小镇，但当地的酒店已经关门，我也不想去找空房子。在镇中心的一家小咖啡馆里，一位留着灰白胡子、系着围裙的老人为我端上了热茶和西蓝花馅饼。他给了我一个出租车司机的电话，让我打电话问问是否有房间，果然有房间。司机是一位友好的女士，会说英语和几乎不磕磕绊绊的法语——她年轻时曾在图卢兹[1]待过两年。

几分钟后，我们驶出了只有零星几座房屋的小镇，进入了乡间小路。我们谈论的主要是天气。冬天变得温和了，暴风变得更猛烈了。司机告诉我，最近，一场特别强烈的暴风刮倒了当地的树木。她指着周围的景色说，有几棵树倒在地上，树根露在外面。我告诉她，法国北部也下了一场暴风雨，虽然没有那么强，但雨量很大，有洪水泛滥的危险，而在我每天居住的克利希苏布瓦，正如我所说，以前在河边的低洼地区也发生过洪水。

司机说，暴风过后，大雪纷飞，幸好道路上倒下的树木已经提前清理干净，否则扫雪机很难到达指定地点。道路不是很宽，但已经清理干净，有足够的空间供车辆通行，路边的积雪也被清理干净。我们沿着森林行驶，偶尔会转入岩石路段，然后又回到森林。道路两边有防撞护栏，护栏后面偶尔能看到一个斜坡。大部分路程都是笔直的，只有当道路转弯时，我才感觉到自己处于高海拔地区。

我们已经走了将近一半的路程，而且车速很快。司

① 法国西南部城市。

机显然对这里很熟悉，我想她是想快点回去。我感觉她在城里还有乘客要接，为了送我去酒店，她推迟了原定的行程。我想这是这一带唯一的出租车，至少我们开得很快，我坐在司机后面的后座上，旁边放着我的包。我系好了安全带，我们聊起了法国和比利时，有几句是英语，但大部分是法语。我四处张望，我从来就不喜欢开车，对速度也没有特别的要求。

一路上我们遇到了几辆车，不多，称不上荒无人烟。我们遇到了货车、汽车和一辆装载原木的半挂车。路面上不时有白色的积雪，又硬又滑，大部分都在我们这一侧，我们驶过这些积雪时，可以感觉到轻微的颠簸，但这并没有让司机减速，甚至当一辆货车在前方笔直的道路上向我们驶来时也没有减速，这辆货车又蓝又大，后面还跟着长长的车尾。

突然，当我们经过右侧的岩壁时，出现了大片积雪，就在我们即将与货车会合时，出租车开始打滑，我们偏离了路线，司机一声尖叫，猛踩刹车。她的尖叫声，我猜应该是喊叫声，来自她的丹田深处，深沉而充满恐惧，我们的车在路上打滑，并开始摇晃和颤抖。我们在覆满冰雪的不平整的柏油路面上全速颠簸，失去了控制，随时都有偏离方向的危险，直奔前方几米远的蓝色货车，我只感到无比恐惧。

很明显，司机已经失去了对汽车的控制，汽车向前面滑去，左右摇摆，剧烈摇晃，有可能直接冲向我们前面的那辆货车。但是那辆巨大的蓝色货车突然就不见了，紧接着，车窗外汽车一辆接一辆地超过了我们，而我们的汽车继续回到了自己的车道上行驶，虽然仍在摇晃，但始终在道路的右侧。我不知道这是怎么发生的，但我确信我能看到司机们的脸，也看到了我们擦肩而过时，所有车窗后面的人脸上的惊恐。我们的车一定是明显失控了，或者那些面孔是我的想象。

当货车和其他汽车都超过我们时，我们的车轮下有了坚实的地面，汽车不再摇晃，司机也恢复了控制。路面上的积雪已经清理干净，前面也没有汽车了。

当我们越过悬崖，拐上松树间的土路时，司机气喘吁吁地说是刹车的问题。她几乎喘不过气来，而我什么也说不出来。然后她又说了一遍，是制动系统救了我们。

我的冬天本可以瞬间结束，而现在我们却停滞不前。所有的车都开走了，只有我们还停在路边。司机说，有一项发明救了我们。等她喘过气来，她开始谈论汽车配备的特殊制动系统。因为开车的不是她，是制动系统让汽车一直在路上行驶。当我们的车开始打滑时，她已经刹车了，但刹车没有锁死，导致我们差点儿直接撞上货车，这都是系统的错。要么我们会撞到后面的一辆车，要么撞上旁边的岩壁，要么就是横穿马路，坠入悬崖。这就是为什么汽车一直保持在正确的路线上，因为制动系统启动了。我觉得是过度惊吓让她开始谈论技术话题了，这样她就不用谈论她刚刚有多恐惧了。

过了一会儿，她下车绕着车走了一圈后说，是在瑞典边境某处森林公路上发生的一起交通事故，促使一位德国工程师发明了特殊制动系统。他在结冰的路面上打滑了，然后试图刹车。如果当时前面有一辆货车，他就无法活到发明这个系统。现在，她开始向我详细介绍这种制动系统背后的技术，以及该系统在她担任司机期间所经历的各个阶段，但我想让她意识到，这些技术细节并没有真正引起我的共鸣。不是我不感兴趣，而是我满脑子都是驶来的蓝色的驾驶室，还有那宽大的车头，如果不是制动系统相助，我们可能会撞上去。

没过多久，司机又准备出发了。她说，以前也有过制动系统救她一命的情况，使她免于滑出路面，但不是在前面有一辆货车，后面还跟着一辆辆汽车的情况下。但现在我们正驶向几公里外的酒店。顺便说一句，她的表妹在酒店工作，叫苏珊娜。她们都在再往北一点儿的某个地区长大。苏珊娜还去过法国，去过图卢兹。她们一起去过那里。对了，她叫珍妮特。我告诉她我叫塔拉。她觉得这听起来不像是法国人或比利时人的名字。我告诉她，我妈妈是英国人。顺便说一句，我觉得她的名字听起来也不像挪威人，但我没说出来。

当在红色木楼前的广场上下车时，我松了一口气。我的双腿还有些打战。我看到司机也小心翼翼地下了车，然后走进去和她的表妹打招呼。

我找了一个最近没人住的房间，现在我正坐在一张小桌旁，俯瞰着一片松树林，有些树在暴风雨后倒下了。我在纸上写字，而不是在绿色的本子上。我还没有在本子上写下招待所的地址。我想我不会再回到这里了。我想要冬天，我得到了冬天。下雪了，不只是下雪，到处都是雪。客栈后面的小路上有雪，绵延数英里的山上也有雪，但我不会再往前走了，也许我已经走得太远了。

第470次

我想转而向春天前进。这是一个艰难的动作，我想，就像掉转一艘大船的船头。我的季节机器接管了一切，它把我引向了越来越多的冬天，还设定了过多的雪。我试着停下来，放慢脚步，但这并不容易。

春天通常会自己到来。你会觉得有点儿冷，你会渴望春天，然后春天突然就来了，空气变得温和，早晨变得明亮。现在，春天成了我必须去打造的东西，但我感觉冬天已经让我冷却下来。现在我坐在这里，坐在雪地里的宾馆里，我无法继续前行，冬天让我停留在它寂静的风景中。

凌晨，大约3点钟的时候，开始下雪，有时下得早一点儿，有时下得晚一点儿。床头柜上有一个时钟，一个老式的时钟收音机，收音机坏了，但时钟还在运转，数字还亮着。我的手机早就丢了，我已经习惯了没有时钟的生活，但现在我被发光的数字和无声的世界唤醒。没有风，我想一定是寂静唤醒了我，一定是没有声音。一定是因为下雪了，但我不明白，因为一切都已经很安静了，雪又怎么能掩盖声音呢？仿佛雪是“反声音”的，仿佛它给所有地方都多加了一层寂静，声音等级降到了负数，我躺在床上听不到任何声音，甚至连我自己的声音也消失了。时间不长，因为我还是呼吸了，然后我听到了微弱的风声，树木的沙沙声。我听到了走廊里有人，外面很安静。

每天早餐后，我都会坐在休息室里。我告诉新来的接待员，我是深夜抵达的，可能还没有登记。我坐着读了一会儿书，然后起身走到郊外。郊外白雪皑皑，我漫步在森林里的小路上。我走在上坡路上，想起了克利希苏布瓦森林里的小路，想起了河边平坦的道路和秋天的色彩，但这里的路是斜的，忽上忽下，我每天早上都向上走，转个身，再向下走，好像在练习转弯。

今天，我来到一个荒郊野外的教堂。我应该是迷失了方向，差点儿就迷路了，幸好教堂很高，我俯瞰山谷时在远处看到了这栋建筑，看起来就像我的宾馆。

确定自己没有迷路后，我开始在墓地里四处走动。我抓住教堂大门的把手，但门是锁着的，于是我放弃了，在墓碑间徘徊。墓道上没有脚印，只有我一个人在新落的雪地里走过。我能瞥见附近有几栋房子，但没有人，至少没有活人，因为我突然开始想起那些墓碑。这让我感到一种奇怪的平静，一种并不孤独的感觉。附近有人。他们或躺在棺材里，或躺在骨灰盒里，我们的身体处于不同的状态，但我们都是同类。他们有名字。我可以从他们的石头上看到。许多石头雕刻精细，表面抛光，有些石头上的名字周围有花纹，有些石头上面有雪白的小人形。其他的石头更小、更简单，还有一些更大、雕刻更粗糙，几乎是石头和墓碑的混合体。但所有这些石头上都有名字，而且大多数石头上都有日期，出生日期和死亡日期。

这些死亡日期让我再次感到孤独。我有出生日期，我有名字——塔拉·塞尔特，那是我的名字，但没有死亡日期。反正至少现在还没有。我的死亡日期可能是11月18日。已经很接近了，也许最终就是11月18日，但我还活着，被制动系统救了。我本可以带着司机一起死去，我本可以带着一群惊恐万分的司机一起死去。我们本可以都躺在这里。这一切都是因为我想要冬天和雪。我已经进入了他们的11月18日。我想，我必须要小心。我已经知道，我正在留下我的印记。我正在吞噬我的世界。我被烧伤，然后脚踝扭伤。但我也会伤及他人。我把他们从11月18日中拉出来，把他们从固定的模式里拉出来。我冒着杀人的危险。如果我把人们带入歧途，我不认为第二天醒来时世界会自我修复。我必须小心谨慎。我在雪地里走来走去时想，我对周围的世界是个危险。我拖着人们走在雪路上。

我走过了新落下的雪，却没有留下足迹，没有碍手碍脚，也没有造成伤害，或者说几乎没有造成伤害。我本来留下了一串脚印，但夜幕降临时，雪会把这些脚印带走。

第472次

每天晚上，我都很早就上床睡觉。我很快就睡着了。夜里我会醒来。如果还没开始下雪，我就躺在床上等待。有非常微弱的声音，树上窸窸窣窣的声音，远处一辆汽车的声音，突然所有声音都消失了。我想我知道将要发生什么。现在是11月18日，所有的声音都消失了，突然下起了雪。

在白色的世界里，我有一种归属感，但我渴望温暖，我希望雪融化，我想转身，走向春天。

第473次

每天傍晚，当我散步归来时，都会有一辆货车驶进酒店门前的院子。它是蓝色的，我想它就是我和珍妮特差点儿撞上的那辆货车。不过我不能确定，这是当地的一家运输公司的车，他们有好几辆车，可能不是同一辆，但我觉得应该是同一辆。司机给厨房送货，他把一堆货物放在厨房门口，离开的时间我想正好是我们在路上相遇的时间。一定是他。我们开车的时候，我没看到他的脸，只看到一辆蓝色的大车向我们驶来。

下午，我通常会坐在前厅。我在阅读或思考如何继续前进。我陷入了停滞，突然停了下来，现在我无法靠自己前进。我需要动力，一辆能带我走出寒冬的车，一辆能帮我转弯的车。我看着那辆蓝色的货车，看着它在院子里留下的痕迹，也许，明天我会问司机能不能让我搭便车。

第475次

我收拾好东西，然后拿着书坐在前厅看书，这时货车司机进来了。我问他是否要往南走，如果途中要经过火车站，我是否可以搭便车。他说非常乐意。我原以为他可以把我送到最近城镇的火车站，但他要一路继续往南走，他说他要穿过卑尔根铁路①，我从沿途的火车站上车会很方便。

在他卸货的时候，我拿起包到前台结账。我把一直在看的那本书放在前厅的书架上，客人们可以在那里自取别人留下的书。这是我从父母书架上拿的书之一。我在包里找到了另一本书，又在书架上放了几本我早已读过的书，然后爬上了货车的驾驶室。几分钟后，司机确认车门已关好，便在院子里掉转车头，驶上公路，一路向南。

我坐在货车里感到很安全。在驾驶室里，我可以看到周围的风景。我可以看到道路的全貌，可以看到在我们

① 挪威南部横跨东西的一条铁路线，从挪威首都奥斯陆到西部城市卑尔根，横穿哈当厄高原，全长479公里，穿越的地形极为复杂，有平原、山野、峡湾和高原。

下面行驶的车辆：被困在小车里的一家人、情侣和独行司机。我不知道自己为什么会有这样的安全感，因为我们仍有可能滑出路面，有可能翻下悬崖，有可能翻车，但我们没有。

坐在司机旁边的绝佳位置，我可以俯瞰树木，它们似乎很脆弱，因为它们的许多同伴都被吹倒了，娇嫩的植物纵横交错，被暴风雨吹得东倒西歪。司机告诉我暴风雨的情况，他说那是一场秋天的暴风雨，但一定是一场早春的暴风雨把树木吹折了，因为我正在走向春天。我又开始为我的一年收集碎片了。我觉得到了3月，我在季节簿上写下了“3月风暴”一词。我开始寻找春天的迹象，从高处下来，再往南，雪已经少了很多。

我把在出租车上的经历告诉了司机。我没有说可能就是他的货车差点儿把我们压死，因为他和珍妮特都不会记得这件事，但他接着告诉了我关于制动系统的知识，比我已经知道的更多。我说，我在货车里感觉很安全，在公路上感觉很安全，我一点儿也不喜欢普通汽车、客车和家用轿车：一堆小小的金属盒子，带着虚假的安全承诺。

开了几个小时后，我们准备休息，司机坚持要和我分享他打包的午餐：黑麦面包配腌鲱鱼和冷肉配腌甜菜根。

我告诉他，我已经爱上吃鲱鱼了，还有黑麦面包。现在我还喜欢吃“红菜头羊肉卷”。他说这是自制的，都是他妻子做的。他出差的时候，她总是为他提供充足的食物。有时他连续出差好几天，有时他开车穿越欧洲，虽然这种情况并不常见，但只要他出差，她就会为整个旅程准备好食物。这样，他就觉得自己还在和家人一起吃饭。

当我们快到我要赶火车的小镇时，他主动提出送我去车站，但我拒绝了，并在往车站方向的路上下了车。我不想让他偏离他计划的路线，所以我先是感谢他载我一程，然后沿着路边向镇上走去。货车逐渐消失在远处。

最后一班火车已经开走，所以我住进了最近的一家酒店，现在我又开始了我的季节之旅。我在季节簿上写下了酒店的地址，写下了春天的迹象和前往卑尔根的火车发车时间。

我感受到了这种势头。我相信春天就要来了，在酒店吃炒鸡蛋的时候，我吃到了北葱[①]，挪威语是“grassløk”，味道有点儿像春天。但我不想匆匆度过一年。我不去机场，不通过偷摸作弊去感受春风，是等待让春天变成了春

① 一种调味香料蔬菜，有特殊的辛香味。

天的模样。雪即将消融殆尽。我耐心等待着。我坐在酒店里，等待去车站的时刻到来，等待春天的细微迹象，等待解冻的天气和回暖的日子。

第476次

我搭乘早上的火车前往卑尔根，结果发现冬天还没结束。没过多久，我脚下的景色就延伸开来，白色中夹杂着零星的灰色，因为我一直在岩石和积雪的景色中向上行进。当我接近卑尔根时，我晚了几个小时，景色不再是白色的，雪也被雨水取代了。

我的包厢里坐着两个留学生，他们正要去见未来的房东。他们打算在市中心租一套房间，或者说租两个房间。他们本应与房东见面，但为时已晚。其中一个学生懂挪威语，由他为另一个学生提供信息和翻译。我听到他们同意第二天再去看房间。房东十点钟会到，但如果他们早点到，就能在入口处的门框上找到钥匙。房间里没有人，他们可以从消防通道上去。通常门是开着的。为了保险起见，会说挪威语的人把地址告诉了另一个人，后者写了下来。我也是这样做的，把它写在我的季节簿上，因为我想，如果他们在19日之前不需要这个房间，我可以在此期间照看它。

在卑尔根火车站，有一张很大的城市地图。我很快就在地图上找到了我要去的街道，在地图旁边的空长椅上有一把被遗弃的雨伞。我观察周围是否有人遗落了一把伞，但车站里人不多，于是我就把它带走了。伞上有花的图案。我以前从未拥有过一把花伞。我想，这是一把春天的花伞，于是开始在雨中前行。

找到地址所在并不难，不一会儿我就站在了一个巨大的灰色金属防火楼梯前。我爬上楼梯，果然，在楼梯的顶端有一扇没有上锁的玻璃门，通向一个有五扇黑漆大门的走廊，在其中的一扇门——走廊上的第一扇门——上方的门框上有一把钥匙，与门上的锁相匹配。

我很快就在房间里安顿下来，里面实际上是两个小房间，其中一个房间的尽头是一个小厨房。房间里没有任何家具，只有几张叠放在角落里的折叠床垫，我把它们展开，打开房间里的暖气，拉过大衣围在身上，没过多久我就睡着了。

夜里，雨变成了雪。我坐在窗台边，看着窗外那些我想要远离的白色。

当我坐在那里时，雨又开始下了起来，过了一会儿，我听到第一场雪从屋顶滑落的声音。没过多久，又有一堆雪从屋顶滑落，发出湿湿的、略带拖沓的声音，在我身后的墙壁上回荡。我坐在窗前，望着屋顶上一个又一个湿漉漉的雪堆滑落下来，重重地摔在街道上。雪堆落下时，我感到后背也会微微颤抖。

雪从屋顶滑落是春天的声音，春天已经到来，我毫不怀疑。因为尽管是秋雨让一夜的雪从屋顶滑落，但我脑海中回响的却是春天的声音。我想到雪从屋顶滑落，落在老塞尔特的花园里。这是我能听到的声音，我还记得克利希苏布瓦的一个春天，也许还是2月，根本还不到春天。也许是3月，但已经下了好几天的雪和霜，突然间气温回暖了。托马斯的父亲来看我们。应该是我们搬进来不久的事情，因为从那以后他就再也没来过了。

我们站在办公室里，这里曾经是托马斯父亲儿时的卧室，他和他的兄弟，也就是托马斯的叔叔共用这间卧室。他们的父母就睡在隔壁的房间里，现在我们可以听到雪从屋顶滑落的声音，而托马斯的父亲正在给我们讲述克利希苏布瓦的冬天。

他说起老塞尔特家花园里的雪，说到他和弟弟在从屋顶滑下来的雪堆里玩耍，但他的父亲——他说是老塞尔特——禁止他们在那里玩耍，因为屋檐上挂着长长的冰柱，锋利无比，随时都会掉下来。

托马斯笑了。不是因为这个他几乎没听过的故事，而是因为自己的父亲把他的父亲称为老塞尔特。托马斯说，现在他父亲也成了老塞尔特。我笑了一会儿，但显然我不该笑。托马斯的父亲勃然大怒，背过身来生气了一整天。他不喜欢这样叫他，他不喜欢时间的流逝，他不喜欢这个年龄，他不喜欢托马斯是年轻版的塞尔特。他早上和托马斯一起去了市场，他不喜欢这样，不喜欢走在他长大的儿子旁边。这样他就会变老，他不想变老。

现在，当雪从屋顶滑落时，我听到的是春天的声音，我想到了春天、夏天和秋天，我并不介意时间的流逝。

第479次

今天一大早，在雪从屋顶滑落之前，我就离开了卑尔根，现在我正在穿越北海[①]的途中。我在季节簿上写下了渡轮出发的时间，我又一次感受到了季节的流动。站在甲板上，我能听到引擎的嗡嗡声和绳子一次又一次撞击船舷的声音。

当我们驶入清晨的黑暗中时，港口的灯光在我们身后消失了。当时正在刮大风，还有暴雨。我期待着平静地横渡。我看了气象学家的图表和总结。我期待着春天，也为春天穿上了春装。我穿着薄外套上甲板时，天气很冷。它是我在卑尔根的一家旧货店里淘来的，浅灰色带点绿色。也许它和我的花雨伞不搭，但它让我想到了春天，于是我把冬衣留在了旧货店。我买了一双短靴，轻装上阵，春意盎然。也许有点儿乐观，但我正在寻找天气温暖、风和日丽、有一丝绿色的地方。

① 大西洋东北部边缘海。位于大不列颠岛和欧洲大陆之间。

第482次

我是在傍晚的黑暗中抵达的。下船通过护照检查和出入境检查之后，已经很晚了，但我终于赶上了火车，火车起初无法启动，到了深夜终于在黑暗中启程。我试着把黑暗想象成友好的春日黑暗，但天色已晚，我在火车上睡着了。

清晨，抵达伦敦，我立即开始寻找有空房间的酒店。街上没有下雪，也没有下雨。既不冷也不暖。街上有灯光和声音，商店在黑暗中营业。街上人来人往，我试着想象春天，但没有人穿得像春天来了一样。我想，也许天一亮，街上就会出现一点儿春天的气息，没过多久，我就找到了一家酒店，那里有一个空房间，我可以马上入住。

直到第二天，我才找到了春天。也就是说，第二天我发现了一切。一年四季。我走过几家商店，寻找春天的迹象，先是兴高采烈、好奇地寻找，然后是困惑、不知所措，后来几乎被季节的摧残弄得瘫痪，我不知道是什么更让我困惑，是满架的水果和来自四季和各大洲的蔬菜，还是它们包装上的变化？我在货架、陈列架、盒子和堆垛之间徘徊。我发现了各种各样的容器，有六角形的，也有正方形的；有小长方形的，也有大椭圆形的；有带透明圆顶盖子的中型杯子，也有带尖角的方形盒子。还有扁平的塑料托盘和纸托盘、形状怪异的编织篮子和有空气孔的噼啪作响的袋子。架子上有长长的装着大黄茎[①]的容器和小盆草药，在明媚的春光中生长。水果包装成排，袋子和托盘有奇怪的闭合装置，拉链、纽扣和小橡皮筋。我走过一箱箱蓝莓、覆盆子和草莓，它们被小心翼翼地摆放在柔软的垫子上。我发现黄色的网兜里装着柠檬，橙色的网兜里装着橘子，绿色的网兜里装着酸橙，还有一个酒红色的网兜里装着红柚子。架子上摆放着水果雕刻摆盘，透明塑料托盘里装满了各种形状的水果，有切成丁的，有切成片的，有切成三角形的，也有切成球形的，有绿色的，也有黄色的。蔬菜有袋装的，也有盒装的，有切片的，有磨碎的，有切碎的，也有切成环状的。我走来走去，根本无法做出选择，已经忘记了什么是属于春天的。

我想起了老塞尔特花园里的春天。早春的花朵，从地里探出小尖刺的北葱，还有秋天的欧芹，它们焕发生机，

---

① 又叫红西芹，是一种蔬菜，其地上的茎部可制作各种酱汁。

准备好好生长一段时间，然后突然就老得不能吃了。撑过冬日黑暗中的芥菜，现在从深绿色的中心开始生长；最后还有韭葱，你必须在为时已晚之前拾起，在花园里待了一个冬天后，韭葱有点儿软了。别忘了棚里的洋葱、土豆，如果还有的话。再过一段时间，第一个大黄[1]展开了，菠菜出现了，朝鲜蓟[2]幸存了下来，后来地里又长出了绿芦笋，先是植物自身散播的种子长出小小的芦笋，几周后又长出了浅绿色的大嫩芽，越来越多，一直长到仲夏，然后让它们继续生长，长成了长长的深绿色的灌木丛。

我想起了克利希苏布瓦的市场。穿着宽大春装的购物者，有家庭主妇，也有年长的男人，他们挽着篮子，里面的水果和蔬菜歪七扭八地摆放在一起，最后还要放上装在棕色袋子里的葡萄。年轻的男人和女人拿着印有图案的购物网兜，路人则拿着噼啪作响的塑料袋。

我什么也没往篮子里放。我把篮子拖在身后，在商

① 一种蔬菜，一般用来做甜点，具有天然酸味，可放在派或者蛋挞上中和甜点本身的甜味。在中国，主要是药用。

② 菊科菜蓟属多年生草本植物。又称菜蓟、洋蓟、菊蓟、荷花百合、法国百合。以未开放花蕾的花托和肥嫩的苞片为主要食用部分。原产于地中海沿岸，19世纪从法国引进中国。

店里走来走去，什么也选不出来。在明亮的灯光下，我像一只困惑的动物，在寻找春天和四季的各种颜色之间来回走动。

最后，我被自己的想法所打动。我走向收银台，篮子里装着春天的名字：“春菜”“春葱”和一塑料盒“春天的汤”[①]。我带着满满一小袋春天的东西离开了商店，虽然不多，但足以让我觉得我在路上了。

在房间里，我喝了口味道不确定的、冷冰冰的春天的汤，然后把蔬菜装进包里，向接待处求助，寻找向南、向春天的路。

第497次

我走出了冬天。这里很温暖。我在湿漉漉的路上，冒着小雨骑车，脑子里想着“春天的空气”。这是春天的雨，我不会骑很远，我一天一天地走。我已经习惯了这里的道

① 原文这三词为英语。

路，习惯了这里的车水马龙。我习惯了租一两天的房子。我习惯了厨房、灶台和冰箱。我从抽屉里拿出一把锋利的刀，把春天的青菜快速切成片。我发现了萝卜和菠菜，我发现了没有雪的晴天和温和的风，昨天我还在花园的棚子里找到了一把椅子，这样我就可以坐在阳光下晒太阳了，但时间不长，我穿着春装坐着，但如果我再往南走，就会有更多的阳光。

我骑车穿梭于小镇之间，沿着狭窄的道路，经过绿油油的田野。有几块田地还是褐色的，但更多的田地里已经有作物发了芽。我能感受到温和湿润的空气，这就足以称之为春天了。

在我的第一栋房子里，我在工具棚里发现了一辆自行车。我围着它转了几天，把它从棚子里推了出来，用架子上找到的润滑油给链条上了一遍油，还买了车载储物包和橡皮绳，然后就把包绑在行李架上。我骑车在附近转了一圈，找到一件雨衣和一双稍大的橡胶靴子，把雨衣套在保暖的羊毛衫外面。骑车时人会感到温暖，人会习惯雨天，也会习惯温暖。下小雨时，我会穿上雨衣。如果雨越下越大，我就找地方躲一会儿，我就是这样在路上行进的：慢慢地、小心翼翼地走过春天。

我还带着我的花雨伞，它被折叠起来放在我的包里，我还为我的自行车包准备了套子，因为我喜欢在春雨中骑行，我喜欢阳光变幻莫测，被灰蒙蒙的天空取代，我喜欢碎石小径和逆风中的午后时光。

我在季节簿上记下城镇和道路。我沿着自行车道和小桥旅行，这些小桥帮助我跨越河流和小溪。我寻找春天的迹象，在外国的厨房里烹饪春天的菜肴。11月18日的空房子并不难找。我把空房子的地址和春天菜肴的食谱写在季节簿上。我在途中找到购买生活必需品的商店，写下春天来了，田野绿了。我写下关于补丁和链条突然断裂的事情，我写下关于自行车店门口有打气筒，闭店时可以自行使用的事情。

第504次

速度加快，日子过得很快。我在季节簿中写下了4月。我一路向南，想着春天的假期，想着英国的复活节假期，想着丽莎和夏天的天气。我想到了托马斯，但随后我开始蹬车，我能感觉到雨罩下我背上的汗水和我穿着略大靴子的双脚。然后我继续前进，速度越来越快，我必须集中精力爬坡，我快速下坡，奋力上坡，然后我就会停止思考。

我看着风景，在季节簿上写下名字。一个又一个地方，一个又一个名字。我写下拂过头发的风，拍在脸上的雨，握着车把的我的冰凉的双手。

第508次

春分月圆后的第一个星期天，那就是复活节了。但我没有星期天，也没有满月或春分。那复活节怎么来呢？这些东西到底是谁想出来的？谁会根据太阳、月亮和行星来制定节日？我的一年不能由天空主宰，因为天空是一样的。我必须在田野和自行车道上寻找我的春天，我必须在商店里寻找我的复活节。我在寻找复活节的天气，但复活节的天气可以是多种多样的。我记得4月的冰雹，我记得布鲁塞尔花园里复活节的阳光和雨水。我记得英国的复活节，我记得温暖的日子和轻霜。

我在记忆中找到了复活节。我记得复活节彩蛋。丽莎和我在地毯上，那一定是在舅舅家举行的家庭聚会。也许是生日，也许是结婚纪念日。或者是外祖父母的结婚纪念日。我只记得那些彩蛋了。我和丽莎问表哥能不能借点玩具，但他不借，于是妈妈从包里找出了几本我们的书，我们就拿着书坐在地板上。舅妈连忙拿着一个柳条编的小篮子走过来，篮子里有四个漂亮的鸡蛋，可能是木制的，它们很重，我还记得鸡蛋在我手里的重量和颜色，我想应该是涂了颜色，黄色、浅灰色和绿色，还有精致的花纹。

“这是给你的。”[①]舅妈微笑着对我说。因为我更年长，所以她把鸡蛋递给了我，不过这是给我们俩的，因为她还看了看丽莎。丽莎看到这些漂亮的鸡蛋时，满脸都笑开了花，然后又看了看我，我接过篮子，高兴地接过礼物。这时，一位客人来向舅妈问好，舅妈便消失在客厅的来客中。

过了一会儿，当丽莎把鸡蛋从编织篮子里拿出来的时候，我跳了起来，因为我想起了一件事：我忘了最重要

① 原文为英语。

的事情。于是我跑向舅妈，她正在和一个我不认识的人说话，我气喘吁吁地对她说：“谢谢你，凯特舅妈，太谢谢你了。”[①]她惊奇地看着我，我再次感谢她送给我们可爱的鸡蛋，小篮子里的鸡蛋。她看着我，犹豫了一会儿，然后放声大笑起来。

“我不是把它们送给你。”[②]她说，并和她的对话者交换了一个眼神，后者也跟着笑了起来。鸡蛋不是礼物，我怎么会以为是给我们的礼物呢？我退后时，她说，我们可以拿着玩。也许是我对这些美丽的鸡蛋不是送给我们感到失望，也许是我对自己的误解感到尴尬，也许是她们共同的笑声让我感到尴尬，但是快乐已经消失了，同时我看到舅妈又向那个不认识的人投去了另一个眼神，一个略带溺爱的眼神，一个眉毛的摆动。当我们有什么不明白的时候，当我们中的一个人把法语和英语弄混的时候，或者当我们在做客的时候忘了说“谢谢”和“请”的时候，她都会用到这个眼神。

丽莎仍然坐在地板上，两手各拿一个鸡蛋，但我已经失去了兴趣。我告诉她鸡蛋不是我们的，但她还是觉得

① 原文为英语。

② 原文为英语。

鸡蛋很漂亮。我觉得，她对这些鸡蛋的兴趣持续得也太久了。但过了一会儿，丽莎也不想再玩鸡蛋了。我们小心翼翼地把篮子放在窗台上，到花园里去找表哥。

后来，当我们坐在开往下一站的火车上时，我向父母讲述了那个装着彩蛋的小篮子，妈妈则试图解释舅妈的反应。也许我们听错了。也许她说的是“这是给你们玩的”①。但我知道她没有这么说。妈妈说，也许是站在她旁边的客人给了她一篮子鸡蛋。也许她是想挽回局面，免得客人以为她把礼物送人了。爸爸说，也许吧，也许吧。然后我们就不再提这件事了。

当我们在伦敦换乘火车时，爸爸消失在人群中。过了一会儿，他带着两个用闪亮的黄纸包着的大巧克力蛋回来了。我清楚地记得，我是如何小心地带着我的复活节彩蛋度过后面的旅途。复活节彩蛋对我的手来说太大了，很难拿。丽莎还很小，也拿不动她的彩蛋，但我还是小心翼翼地把我的彩蛋拿上了火车，放在我面前的小桌子上。到站时，我带着彩蛋下了火车，彩蛋一点儿都没坏。我已经不记得是什么时候吃的了。我不记得味道，也不记得拆开彩

① 原文为英语。

蛋时黄色锡箔纸发出的声音。味道和声音一定都有。我只记得坐火车的时候，面前摆着一个大大的黄色彩蛋。

第512次

我记忆中的复活节并没有帮助我寻找春天。当我在超市里找到复活节面包时，当我发现一家商店里既有复活节餐巾纸，又有装在黄色塑料网里的小兔子巧克力时，我并没有离春天更近一些。我把战利品装在车筐里骑车离开，心想这似乎太绝望了。这与复活节和春天毫无关系。这只是道具而已。我把复活节道具店铺的地址、春天的迹象、气温和日照时间都记在我的季节簿上。

第513次

然而，就是这样。突然风变成了顺风，我沿着碎石自行车道骑行，越过小桥，沿着溪流。太阳出来了，我的季节机器开始工作，11月的天气也没有关系。我的春天是用奇怪的道具做成的，这也没有关系。我在我的年华里被吹拂着。我带着春天的谎言，绿色的小谎言，或者黄色的谎言，驶向远方。我的11月天空正在放手，它失去了控制，我已经逃离了它。我已经战胜了无法触及、没有复活节的11月的天空。昨晚还是阴天，但今天春阳高照，我驱车南下。

第*519*次

突然，它们出现了，康沃尔田野里的新生羔羊。我想起了那位气象学家，她说的是真的。这是复活节羔羊。我骑车继续前行，发现不只是一块田，还有好几块。有母羊带着小羊羔。我停下脚步，感受这里的气温。这里不冷，还有点儿热。这是春天。我掉转车头，沿着田野行驶，看到一块牌子上面用英语写着“春天农场”和“早餐旅馆”。我想到了春天，春天的精华，春天的浓缩，然后我搬了进去。

第526次

要抓住春天可不容易。我一停下来，它就会从我手中溜走。我坐在春天农场后面附属建筑的窗边，这里可以看到田野里带着羊羔的绵羊。谷仓里满是春天的气息，羊在产羔，牛在产犊，田野绿油油的，还有牧场和冬粮田。

但还是少了点什么。我没有把它写在我的季节簿里，但我把它写在了心里。春天是空气中的某种东西，或是我身体里的某处。也许是感觉和气味，也许是声音。是清晨的鸟鸣，植物的芬芳。好像空气太稀薄了，也许是新发芽的树木少了什么，也许是大气中少了什么绿色的东西，也许是春天的化学反应，也许是花粉尘，我不知道，但春天的感觉很难唤起，即使田野是绿色的。

在我的季节簿中，我没有写春天的空气是稀薄的，天空也没有声音。这不是你能看到的，但我能闻到空虚，我能听到没有人在歌唱。

早上，我敲开农场的大门，暂时住进了农场的附属小屋。我假装刚来到这里，把自行车放在院子里。过了一会儿，一个带着孩子的家庭来了。他们是来看11月的羊羔和所有小牛的。农场主带我们参观了农场，并向我们介绍了农场的情况，比如安排牛羊在秋天生宝宝是很有实际意义的。他用的是“宝宝”这个词，我想，他对牛羊有着很深的感情。他向我们介绍了分批次产犊和秋季产羔，还讲了系统化繁殖的好处。这一切都与时间和劳力有关。水果收获以及秋播结束后，就有空闲的劳动力，这时就可以找人帮忙照顾牲畜。秋天天气暖和，适合产羔、产犊，然后小家伙们再长一个冬天就可以迎接春天了。

农场后面有几个马厩，里面有更多的绵羊和小羊羔，它们以为现在是春天。这里可以租马，所以我租了一匹马，它很安静，我们在森林里散步，很安静，但这是秋天的森林。我不想继续过春天了。

第543次

我把自行车放在普利茅斯[1]的一个花园棚子里。我把车

① 英国西南部城市。

载储物包和雨鞋放在棚子的一个角落里，但雨衣还带在身上。我上了渡轮，现在又坐上了驶向夏天的火车。我感觉到了变化。一路上都是植物在帮我。我想到了芦笋、大黄和早熟草莓，我准备好迎接夏天了。我正在路上，渴望阳光。

我充满期待。我不需要烈日炎炎，只需要一个温和的夏天，有一点儿阳光和海滩的声音。

我想到了妹妹。我曾经考虑过拖着她一起度过夏天，也考虑过去找她，告诉她一切，然后打包行李离开。

我想起了托马斯。我想起他的眼神，温暖的皮肤和夏日的感觉。我想，我可以去克利希苏布瓦，可以去接他。他也许会愿意和我一起旅行，我们可以朝着夏天旅行。

我想起夏日午后他走在楼梯上的脚步声。他每走一步，木头就发出吱吱声。是他从邮局回来了。我听到他上楼去整理办公室，他把一些书放好。我走上楼梯，我们还有工作要做，但没过多久，我们就躺在卧室的床上了。

但我知道，他不想和我一起旅行，我不能用这个夏天来说服他。他会告诉我我必须自己找到夏天。我不会去接任何人，甚至是我妹妹。我会一个人找到自己的路。我怎么能让他们和我一起走呢？我怎么能把他们拖进我的11月18日？

第562次

我找到了夏天——11月的夏天，或者说是初夏——在蒙彼利埃[①]附近的海滩上。正午时分，阳光明媚。我把气温和日照时间写进了我的季节簿，我还写道，现在是初夏，因为游客不多。另外，很容易找到避暑别墅，也很容易在避暑咖啡馆找到座位。

我住在海边的一栋空房子里。早上我在厨房里吃草莓，俯瞰海滩。我买了芦笋和新鲜的鱼。很快我就可以去过温暖的日子了。我不再需要雨衣了，所以我把它收拾好，和雨伞一起放在楼梯下的柜子里。我走上楼梯去卧室，俯瞰大海时，我能听到脚下的台阶发出微弱的声音，那是夏日咯吱咯吱声的开端。

我找到了毯子和夏日枕头。我把它们拿到阳台上，有几次晚上就睡在阳台上。但当我把枕头和毯子搬回卧室时，楼梯仍然发出咯吱咯吱的声音，声音不大，不像夏天

---

① 法国南部城市，位于地中海沿岸，属于典型的地中海气候，全年温暖且日照充足，几乎没有冰雪天气，是法国的避寒胜地，被称为“阳光之城”。

的咯吱咯吱声，但阳光透过窗户照进来，很快我就沿着海岸线走了，因为我已经准备好迎接温暖。为了阳光，为了海滩，为了夏夜。

第578次

在11月寻找夏天的感觉并不难。你跟着向往夏天的人流走，越往南走，海滩上、长廊上的人就越多。人很多，人们穿的衣服也很少。

现在是夏天，我想到的更多是皮肤，想到手和脚，想到胳膊和腿，现在我可以在街上看到它们了。海滩上的人们让我想到了托马斯，我发现现在我想的全是托马斯。

躺在阳光下看在海里沐浴的人的时候，我不能假装他不存在，不能假装他不在某个房子里。我不能和海滩上的人去酒吧聊天，不能邀请他来我家，和他坐在阳台上喝红酒，然后和他亲密。我不能那样做，因为我知道他迟早会在我面前变成托马斯。我不能背叛托马斯。

第584次

我一直留意着那所房子。早上和中午，我都会经过它。深夜，我又走过它。我的房子，我的避暑屋。它隐蔽在通往海滩的一条路上。没有看到人，所以我第二天又回来了。我找不到钥匙，花盆底下和花园后面的棚子里都找过，最后我决定破门而入，这并不是什么难事。我在房子后面找到了一扇地下室的窗户，房子朝向花园的那一面还有一个露台，露台上有一张桌子和几把椅子，可以在夏天使用。

我想已经很久没有人住在这所房子里了，但现在我是住在这里的人。露台上的家具都摆出来了，好像一直在等着我。进入地下室房间并不难。

房子可以住人，但布满灰尘。厨房的桌子上有一串钥匙，当我上楼时，我知道这栋房子可以一直住到夏天结束。那是楼梯的声音。我有了家的感觉，在我的季节簿里，我写下了现在是夏天。我写下了西班牙酒店的地址，写下了火车站和公共汽车站，写下了小镇和街道的名字，现在我也写下了我的房子。它是黄色的。广场上的集市在上午开放，我只需走出家门，向市区方向走去，步行五分钟就能到达盛夏。

第592次

这是我第一次这样想：托马斯说我必须自己寻找出路，他是对的。他说："以你对细节的洞察。"我不知道是否有出路，但我看的是细节，是身体的各个部位，是人类的细节。一个长着几根黑毛的大脚趾，一只穿着凉鞋的脚，我低头看向咖啡馆邻桌下的地板。在前往邻近城镇的船上，我注意到前方有一个人。一只手，实际上是两只手，正在一起工作，将一艘船停泊在港口。两只手旋转着，跳着复杂的舞蹈，然后船就停泊好了。我站在海边眺望，我想问问我是否能继续航行，能在航行中度过11月18日吗？我不知道，但我知道我已经找到了夏天。也许我不该要求更多。

我进了市区，在一家咖啡馆坐下。我对细节的关注让我看到了一个面前放着报纸的男人。他用食指在镜片之间轻轻一推，就把眼镜戴好了，然后抬起头。我对细节的关注让我看到了他的微笑，但随后微笑又消失了，我从包里拿出了我的书。

我把头发盘起来，找了一件露肩的夏装。我的头发长长了。有天早上我去镇上理发，看着我的头发落在椅子下的地板上，我感觉轻松了许多。我想，这是我失去的东西，我的头发和我的希望。这是托马斯触摸过的头发。它掉在地板上，又被扫起来。我的头上只剩下11月18日的头发。

第605次

晚上，我到城里去。不是只有一个晚上，先是一晚，然后又是一晚，几天后我又回来。我跳着舞，不怎么说话，因为音乐声很大。我们说着不同的语言，但都是简单的句子，几乎被音乐淹没。

我摸了一下头发，说我失去了头发和希望。我们用英语交流。我说“我的头发和希望”，然后继续跳舞。第二天晚上，我又用德语和法语说了一遍，但这样说也没什么用。Meine Haare und meine Hoffnung.[①] Mes cheveux et mes espoirs.[②]

我在跳舞，裙子发出沙沙声，我想起了在克利希苏布瓦的日子。我想我已经恢复了好心情。我快乐地思考着，不抱任何希望。我喝着加冰块的饮料，跳着舞，一边吃着大橄榄和巴斯克辣椒，一边和客人干杯。我和女人们一起跳舞，但更多的是和男人们一起跳舞。房间里充满了细节，我注意到了一切。

我注意到了一套几乎已经快被我遗忘的信号。我摇晃着脑袋和手臂，我和一个男人彼此接近和后退。我们喝着碳酸饮料，他瞥了一眼我的手，我很晚才意识到他在寻找我手上是否有戒指的痕迹。他的手指上有一条淡淡的浅色勒痕，我问他是不是把戒指放在口袋里。他确实是这样做的。他掏出戒指拿给我看，我告诉他，托马斯和我从来没有戴过戒指。我们认为没有必要戴戒指。我说，这是多余的细节。是他告诉我，我们吃的是巴斯克辣椒。他曾在

① 德语，意为“我的头发和希望”。
② 法语，意为“我的头发和希望”。

纳瓦拉[①]生活过，他试着教我如何用巴斯克语说“我失去了我的头发和希望”这句话，但太难了，我在字眼上磕磕巴巴，所以我们转而谈论起印欧语系的语言，但这只是我们在傍晚的黑暗中散步时的后话了。我们一直在兜圈子。我告诉他11月18日的事，但我看得出他不认为我说的是实话。

深夜，我走在回家的路上。我穿的鞋子在夜里咔嗒咔嗒作响，是的，就是“咔嗒咔嗒”这个词。我犹豫了一下，但没有停下。我知道，如果我把客人带回家，就会想到关于托马斯的细节。我让自己平静下来，然后在屋后的一片黑暗中坐下。

我对细节的关注让我想起托马斯的模样，然后看向星空，因为我发现了夜晚的天空。我没有望远镜，但夜色很深。我认出了几颗星星，它们是我在克利希苏布瓦草坪上的朋友。我听到了声音，几个夜间锻炼的人迈着整齐的步子沿着我家的栅栏奔跑，但我看不见他们，因为露台周围的灌木丛遮住了道路。有个孩子在哭，一个女人用苍老的声音努力安抚。一男一女走过，他们正在交谈。然后一群

① 位于西班牙北部，与邻近的巴斯克地区来往密切，语言有相当的共通性，历史和风俗习惯也大致相同。

人经过，接着两个女人开始大笑。

我听到所有的夏季语言，它们交织在一起。我听到西班牙语、英语和德语，然后我听到芬兰语，稍后又听到一种亚洲语言，然后还有斯堪的纳维亚语[1]，我想那应该是挪威语。

第631次

我再也不在晚上出门了。我留恋天空和路人。我留恋夏天的声音，留恋语言，留恋夜晚的星星。我去过当地的天文台，看到过巨大的白灰色月亮的碎片，实在太大了。

我聆听各种各样的声音。听歌词，听音乐。白天，我在城市里散步，逛商店，在我家附近的石滩上来回徘徊。我收集不同颜色的磨砂玻璃片，把它们放在窗台上的透明容器里。我在这里住了很久，认识了镇上许多避暑的游

① 指通行于斯堪的纳维亚地区、芬兰的一部分地区以及法罗群岛和冰岛的语言，一般包括丹麦语、法罗语、冰岛语、瑞典语和挪威语。

客、商店店员和咖啡馆服务员，即使他们不认识我，也会让我有宾至如归的感觉。我留恋夏天，倾听夏天的语言。我拾起那些听起来像夏天的词语，把它们记在本子上，如果听到有人说“Weihnachtsgeschenke”[①]，我就会冲出去。我想着诚实的夏天、夏天的精髓、夏天的浓缩，走在回家的路上，我试着说“Wahljahreszeit”[②]这个词，但说到一半卡住了，尽管我努力保持步伐不变。

第639次

我准备结束我的夏天。我想到了秋天。我想到了克利希苏布瓦的房子，想着秋雨，但我并不怀念这些。我不想念房子里的声音、屋顶上的雨声，或是水管里的水声。我并不幻想还能回到那里。从门把手的吱吱声，信件和包裹落在走廊地板上的声音到茶杯与茶碟的碰撞声；从烟在烟囱上方缭绕，到树丛里的鸟儿歌唱；从我的手拂过的墙

---

① 德语，意为“圣诞礼物”。

② 德语，意为“大选之际”。

壁，到篱笆在雨中的剪影。我都从来不幻想有朝一日还能与它们重逢。

我想念托马斯在楼梯上的脚步声，但我想念的是夏天楼梯上的脚步声，而不是11月的楼梯上的脚步声。我想念的不是11月18日的托马斯。我也不想念克利希苏布瓦的房子。

我家有一个楼梯，上下时会发出吱吱嘎嘎的响声，但这就是我的全部。当我躺在床上，开着窗欣赏夜景时，房子里很安静。没有吱吱声，也没有人上楼。

第649次

我正走向夏末。悄无声息。一路向北。当我转动前门的钥匙时，金属的咔嗒声中有一丝淡淡的忧伤，但现在我已经上路了。我把钥匙放在花园棚子里的一小堆砖头后面，因为我会回来的。我就是这么想的。我回来了，因为我打造了夏天。夏天又要来了，我藏起了夏天五彩缤纷的谎言，现在我要锁上门，走向夏末，走向秋天。走向11

月，走向真正的11月，但现在还不是真正的11月，我也不会把它写进我的季节簿里，因为我想要夏末和凉爽的夜晚。

我在寻找夏末的城市，在思考秋天的街道。我把马德里写进了季节簿，走遍了更北的地方。我坐在气象学家制作的图表前，在酒店的电脑里找到了夏末的房子，现在我能感觉到变化，一种觉醒，一种警觉的忧伤。夏天结束了，我裹着外套走在路上，春天的外套变成了夏末的外套。今天不需要穿它，但当一片云彩从太阳前飘过时，我就准备好了。

第654次

一种刺痛的感觉，一种安静的恐慌。我在寻找9月。我在寻找能给我克利希苏布瓦9月感觉的地方，一个朦胧的早晨，空气中弥漫着些许寒意，摆脱了夏日的炎热。街上行人的衣服变厚了，露出来的皮肤变少了。我走到室内，感到焦躁不安，但什么也没发生。昨晚我去了剧院，但我看到的只是人们被困在一个房间里，一个舞台上。他们焦躁不安地走来走去，却找不到出路。

第655次

这里很安静。现在是早晨，我坐在运河边的长椅上，运河没有任何动静。我看着水面，水面显现出褐色，很平静，或者说几乎没有任何动静。水流的速度很慢，如果你想看到动静，就必须把视线定格在水面上的一片叶子上，那片叶子在动，微小的动静。

我的人生机器停滞了。我想着9月，水面上有一片树叶，一切都要完全停止了。

在季节簿中，我写到了温和的8月和9月初。我写过阿卡雄①、波尔多②和拉罗谢尔③。我沿着大西洋海岸一路向

① 法国西南部城市，法国著名的海滨度假胜地，5月到10月间气候温和。

② 法国西南部城市。

③ 法国西部城市，位于大西洋沿岸。

北。我写了各种各样的火车时刻表和酒店地址，写了所有我通常会写的东西，但感觉我的一年完全停滞了。

第658次

我不是什么旅行者。虽然有时我会搬家，但那不是旅行。我只是一点点向北移动。我试图捕捉9月的风情。我买苹果和梨，葡萄和浆果。我点了秋天的菜肴，拉紧我的外套。

我在季节簿中读到了冬天、春天和夏天。我一边写9月，一边想着冬天白色的谎言和所有的颜色，春天绿色的谎言和夏天深蓝色夜晚的谎言，8月橘黄色早晨的谎言，所有棕色、红色和灰色的谎言，但我的谎言现在越来越薄，它们是浅灰色和白色的，色彩细腻，但随着时间一天天过去，它们变得越来越透明。我总能感觉到11月，但我写的是9月。在博物馆里，我看着彩色的无光泽的罗马玻璃。就是这样。我的谎言就像一层薄薄的玻璃。你可以看穿它们，它们有一种微弱的色调，一些磨损的痕迹，一点儿彩色的颜料，但我能看到：玻璃杯里装满了11月。

第667次

我突然发现了9月，意外的9月。我突然想起了我在科隆过于炎热的11月。当时我正步入冬天，火车站前广场上的天气太热了，但现在我却能感受到9月的气息，因为街道上弥漫着9月的空气。

我下了火车，走到大教堂广场，教堂就耸立在我身旁。上次来的时候，我希望迎接12月和1月，气温让我偏离了方向，但现在我只注意到空气中弥漫着淡淡的清香。气温17摄氏度，微风轻拂。

在广场上，迎面吹来轻柔的微风。我走进教堂，在微弱的光线下看着窗外的色彩，太阳刹那间破晓而出，整个房间被照得五光十色，房间里到处都是色彩，天花板上，墙壁上，地板上的阴影里，然后又暗淡下来。平静的阳光。五彩斑斓的9月。

第671次

我的焦虑消失了，我已经融入了9月的一天。我找到了一家酒店，正在城市里散步。夏天已经过去，秋天来了，微风习习，天气和煦。

坐在长椅上看着黄叶，我有了家的感觉。在街上和咖啡馆里，我感到宾至如归。打发日子并不难。我喜欢娱乐，看电影和戏剧，听音乐会。我对博物馆和展览充满好奇。我把这一切都记下来，一条突然起风的街道，一个让我流连忘返的展览，一个让我第二天还想再去的咖啡馆，一个我看书的舒适角落。这都是秋天，一个轻盈而好奇的秋天。这是一个循环往复的圈。到了9月，我又要去10月，到了11月，我又可以从头开始，一年，一个模板，一个我可以反复使用的开放式季节机器。

第682次

我曾担心过，但没想到会发生。为什么，我不知道。我是说，我为什么没有做好准备？我想我本可以想明白的，它——偷窃可能会发生。一个不堪的偷包事件。但我的包不仅仅是包，我的包就是我的一切，我拥有的一切。如果它消失了，我也就消失了。几乎是这样的。但它又回来了，全部都回来了。几乎是这样。我需要的一切都回来了，但我仍心有余悸。它并没有消失，我拿回了我的包。所以，现在我既有恐惧，也有包，我把这两样东西都带在身上。但我再也没有季节簿了。

我抵达杜塞尔多夫[1]时，正值我在科隆所熟悉的午后温暖天气。这是一个高气压系统在城市以东的某个地方形成的。我一直说现在是9月，但我出去寻找的却是10月。我在科隆酒店的电脑上搜索气象数据库时，发现杜塞尔多夫是晴朗天气。

前天，我抵达杜塞尔多夫。在科隆火车站，我就注意

---

① 德国西南部城市，距离科隆不远。

到乘客比以往任何时候都多。大约两点钟的时候，我坐上了开往杜塞尔多夫的第一班列车，但直到我在座位上坐定后才意识到，我乘坐的是一列在每个车站都会停车接客的本地列车。不只是乘客，还有前往杜塞尔多夫的足球迷。他们并不令人讨厌，也许恰恰相反，他们相当友好和热情。他们略带醉意，正在干杯。如果你不是足球迷，而只是一个前往10月的9月旅行者时，这种喧闹欢快的气氛会让人有点儿不安。

有人给了我一罐啤酒，我有点儿犹豫地接受了。我当时想的是9月的啤酒和9月的战斗，但我想这是为了避免被偏离方向。我很少在火车上遇到庆祝活动，以前在科隆的旅程是在下午晚些时候，因为我不记得在11月18日其他旅程中碰到过足球迷、派对或啤酒。

我的同行旅客们正要去看杜塞尔多夫主队和科隆队的比赛，两个阵营都有球迷。虽然他们属于不同的派别，戴着不同颜色的围巾，一支球队是红白相间，另一支球队则是黑红相间，但他们还是友好地，或许更准确地说，是在期待着比赛的到来。

这显然是一场重要的比赛。一场晋级或出局之战，但谁会去哪里，还没有人知道。几个小时后，事情就会尘埃落定，一些乘客支持的球队会获胜，一些乘客支持的球队会失败。有的球队会升级，有的球队会降级。我不太清楚今天这场比赛的意义，因为我此前没有注意到这场比赛是在11月18日举行的，而且显然很重要。

列车满员，乘客们在过道上保持平衡，有些人坐在出口处的地板上。出口处和过道上都洒了一小摊啤酒，一摊一摊的，仿佛是啤酒把不同的派别团结在一起——把我们团结在一起。于是，我向双方敬酒，并喝光了一罐啤酒，因为火车上的人越来越多，我开始怀疑自己是否应该把座位让给那些摇摇晃晃的乘客，但后来我们到了杜塞尔多夫，在车站，我们拥出了火车，沿着站台被“冲”下了楼梯。在大厅里，一排排警察在等候，只有在这里我才觉得有点儿不舒服。不清楚他们是在期待敌对行动还是庆祝活动。我匆匆向市区走去，而许多球迷则在街上散开，或开始寻找交通工具，将他们送往比赛所在的足球场。

杜塞尔多夫的下午阳光明媚。我漫步在城市中，寻找10月和空闲的酒店房间。走着走着，我对眼前的不确定性感到一丝欣喜：11月18日还有一些我不知道的事情，可能还隐藏着一些小惊喜，还有一点儿兴奋。我突然为这种无知感到欣喜，这并不是因为我曾以为自己对11月18日的一切都了如指掌，而是我知道很多，而且如果我想知道，我还能知道更多，但现在我却无法知道这场比赛的结果。我一筹莫展，成了11月18日足球赛的新观众。

有那么一瞬间，我想过要加入这场激动人心的比赛。我想，这是我有生以来第一次外出观看足球比赛，但很快就打消了这个念头，因为要找到一家可以过夜的酒店并非易事，这是我必须首先解决的问题。我询问了离车站最近的几家酒店，但问到第五家酒店才有空房，这家酒店规模较小，离车站有十分钟的步行路程，而且几乎没有球迷入住。

晚上，我在酒店附近的一家酒吧通过电视观看了比赛。获胜的是主队，他们现在可以升入下一级联赛，但因为在加时赛才决出胜负，酒吧里的气氛更加热烈。但我自己的兴趣开始退去。比赛结束后，酒吧里非常热闹，因为只有主队的球迷在观看房间里屏幕上的比赛，但当我们干完几杯后，大量的啤酒让我昏昏欲睡，于是我谨慎地离开了酒吧，回到了酒店。

昨天醒来时有点儿头疼，睡了一上午，稍微过了中午才起床，在附近买了一个不太像10月的三明治。下午太阳出来后，我去城里散了散步。走着走着，我感觉到比赛的时间快到了，我几乎能感觉到周围的城市变得安静下来，车流渐渐稀少，城市里的大部分居民可能都去看球赛了，或者都回到了室内。在我经过的一些咖啡馆和比萨店里，电视屏幕亮着，一些围着围巾或穿着主队颜色T恤的球迷坐在屏幕前，除此之外，很难分辨出他们属于哪一方。我猜想，大多数参加派对的人都是专程赶到球场观看比赛直播的。

我绕城走了一圈，沿着石阶下到莱茵河边，然后继续沿河散步。河边人迹罕至。偶尔有一对情侣或一个人坐在码头的石椅上，一支爵士乐队在餐船上演奏，我坐在阳光下的黑色塑料椅子上喝着啤酒，旁边有一些吃晚饭的人在用餐。

我想我已经对啤酒产生了兴趣，我想到了10月啤酒节。如果啤酒节是我的下一个节日，如果这是我在11月之前的最后一站，我想知道在哪里可以找到一个可以参加的派对。也许啤酒节是为那些互不相识的人准备的，因为我不确定自己是否能像在火车上的足球迷那样，轻易地融入这个群体。

过了一会儿，我沿着河边继续往前走，看着河上的船只、桥梁和长长的码头，码头上的石头都是灰色的。不知道是我没留神，还是因为我在阳光下喝了啤酒，抑或只是一个巧合，突然有一个人骑着自行车经过，我听到了一辆旧自行车发出的嘎吱嘎吱的声音，是锈迹斑斑的车链转动，还是车轮撞到了挡泥板上？也许是那些声音，我没留神。我还没反应过来，他就抓住了我挎在肩上的包，把它从我身上拽走，我记得有点儿粗暴，在我踉跄的时候，他成功地把包拉过我的胳膊，动作灵巧而快速，让我来不及反应。我只来得及看到他穿着主队的衣服——一件深蓝色连帽衫和一条深色运动裤，裤子上有一条窄窄的白色条纹，围巾拉得很高，帽子拉得很低，盖住了耳朵。当他还拿着包，从我面前转过身，消失在从码头通往市中心的车道上时，裤子上的白色条纹变得清晰可见。

我在他身后大喊，找回平衡就开始跑，但我还没跑到车道，他就已经不见了。我在街上寻找他，同时努力喘口气，但他一定是在稀疏的车流中闯了红灯，然后消失在路另一侧的一条小街上。

我惊呆了，心烦意乱，没有了包，我觉得自己赤身裸体。我曾想过可能会发生这种事，但认为不太可能。首先，包很破旧，里面似乎没有任何值钱的东西；其次，我看起来不像随身携带贵重物品的人。以防万一，我在上衣口袋里多带了一张信用卡，但除了经常把现金放在不同的地方外，我并不觉得有必要采取什么重大的安全措施。我的随身物品和衣服要么放在包里，要么白天放在酒店房间里，白天很少有东西丢失。我总在想，如果我的钱包或包被偷了，它们会回到被偷的地方，而且盗窃案相对容易解决，因为窃贼日复一日地出现在案发现场附近，所以即使我被抢了，问题也是可以解决的。

但现在，没有了包，我感到很失落。我在码头附近徘徊，搜索犯罪现场周围的区域，尽管我已经看到窃贼带着我的包消失了。我沿着窃贼消失的方向继续寻找，检查了最近街道的大门和垃圾桶，但还是没有找到包。以防万一，我又回到码头边的餐馆，询问是否有人看到过窃贼或我的包，但没有人知道。

即使在回酒店的路上，我也没有发现包的踪迹，除了等着看它是否回来，我什么也做不了。最明智的做法是让这一天过去，然后再返回犯罪现场。

在接待处，我告诉他们我的包被偷了，因为我的包里可能有酒店的收据，所以我请工作人员留意一下我的包或钱包。他们建议我联系警方并报告失窃事件。

昨晚我失眠了。起初，我难以入睡，后来终于睡着了，但每隔一会儿就会醒来，每次都要检查房间，看看包是不是已经回家。但包没有回来。最后我连续睡了几个小时，醒来时，它并不在我的床边，早上也没有回来。它没有被人放在前台，也没有在街上，没有在我现在开始调查的任何地方——酒店的垃圾桶、前台后面的衣帽间、早餐室旁边的厕所等着我。

今天上午，我已经在街上转了一圈，随着昨天被抢时间的临近，我又在同一条街上走了一圈。每当我看到一个人戴着主队的围巾或帽子，看到一个人穿着运动裤或连帽衫，我都会小心翼翼地走过去多看几眼，但没有一个人看起来像骑自行车的窃贼，我也没有看到可能是窃贼骑的那辆自行车。我走进了几家咖啡馆和比萨店，但都没有看到一个人像我要找的窃贼。

后来，我在码头上的餐厅里坐下来，这次喝了一杯咖啡，但附近仍然没有让我想起窃贼的人，事实上根本没有戴围巾或穿运动服的人，也没有看到骑自行车的人。和昨天差不多的时间，我又站起来沿着码头走了一圈，现在我的注意力已经集中到了极限，但还是没有丝毫线索可循。最后，我放弃了，在一条俯瞰河流的长椅上坐了下来。什么也没发生，我决定原路返回。

这是一个正确的决定，因为当我经过餐厅的几张桌子时，我突然看到我的包放在一张比较偏的桌子上，离我刚才坐的地方还有一段距离。它靠在一个花盆上，好像是我离开时自己忘了拿。我急忙跑过去取回包，并慌忙地问刚刚端着午餐菜肴从餐厅出来的服务员是否看到有人归还了包。我试图和对方解释我的包被偷了，并问他是否看到骑自行车的人，但他什么也没看到。一对等着上菜的日本夫妇解释说，他们看到一个人拿着包，除此之外别无其他，但显然他们以为拿包的人是我。这倒是真的，因为我刚刚拿了包，但我觉得他们不是这个意思。

我不想把事情搞得更复杂，就赶紧向他们道谢，然后趁大家还没来得及怀疑，拎着包匆匆离开了。我环顾四周，没有发现任何异常，于是匆匆返回酒店。

一回到房间，我就打开了包，幸运的是包里有我装着信用卡的钱包和大部分我没有留在酒店房间里的东西。我把包里的东西抖落在地板上，有几样东西我都忘了包里有，但它们都安然无恙。那枚古罗马硬币，我在“第7届卢米埃尔沙龙”买的圆珠笔，装着八块焦糖的袋子和一只羊毛袜，这只袜子的同伴早已不见了，想必从春天起就一直放在包底，还有一支不再使用的旧睫毛膏。

在前面的一个口袋里，我找到了在哥本哈根买的移动存储器，上面满是碎屑和包里的灰尘。另一个口袋里是我在妈妈的扫帚柜里找到的手电筒。我的护照也在那里，但钱包里的现金却无影无踪，大约有一千欧元。季节簿不见了，书后面的文件和钱也不见了。

我不知道发生了什么事。很难找到一个连贯的解释，但我猜想，那个贼拿走了钱，却留下了那本季节簿，也许是因为他认为里面有重要的信息。我猜想它看起来一定很奇怪，里面有那么多关于季节的细节，那么多地址、企业和火车线路，还有打印出来的气温图什么的。有了那么多现金，他可能会感到好奇，或者认为可以从这些神秘的记录中赚钱。但这并不能解释包是如何回到餐厅的。另一种解释可能是，这本季节簿已经毫无意义了，窃贼偷了钱，把包扔到了花盆里，一夜之间，季节簿就消失了。

我觉得很奇怪，但我已经接受了这样的想法：季节簿和钱根本不重要。好像它们不属于我，可以说没了就没了。但是，为什么一本记载着一年多记录的笔记本还不如一只松松垮垮的冬袜更容易留在我的身边？这仍然是一个未解之谜。

我松了一口气，又有点儿困惑，于是重新收拾起行李。我想，最重要的是包包回来了。对它失而复得的解释可以再等等。

过了一会儿，我发现自己的钥匙也不见了，克利希苏布瓦房子的钥匙和利松酒店16号房间的钥匙都不见了。有一瞬间我很担心托马斯，但我的季节簿上没有提到他，我们家的地址也没有写在任何地方，也没有提到利松酒店，钥匙上也没有地址，所以很难找到适合钥匙的门。我旁边的桌子上放着装有我的记录的文件夹，还有记着我所有日子的笔记本和昨天进城前放下的几本书。这让我感到安心，因为尽管我不再拥有季节簿，但我仍然拥有我需要的一切。

尽管如此，我的思绪仍在不停地回转，试图找到一个解释。那个贼会如何保存他的赃物？如果他把赃物扔掉了，赃物又去了哪里呢？是他拿走了现金、钥匙和季节簿，然后把包丢在了餐厅，还是包本身又回来了？我的季节簿怎么会不见了呢？它是多余的吗？我不再需要的东西？我不知道。我知道万事万物都有不确定性，时间的停滞并不简单，也不是机械的。我知道有些事情我不明白。但我拿回了我的包。我明白这一点。丢了现金不要紧，我可以从自动取款机上再取一些。也许丢了季节簿也没关系。季节簿没了，我还需要季节簿吗？

也许我不需要的东西正在消失？我想到了丢失的钥匙。也许我很担心，但我无能为力。也许这意味着我不该回来，我也不知道，但我知道现在是秋天。而且真相是现在是11月。不是9月，也不是10月。是11月18日。在杜塞尔多夫，在这温暖的一天，主队和客队一起喝啤酒。客队输掉了比赛，而主队则骑着自行车到处偷包。也许我应该加入敌人的行列。也许我应该按照这个世界现有的方式生活，面对现实：永远不会有啤酒节，不会有圣诞节，不会有新年，不会有冬天，不会有春天，不会有复活节，不会有夏天。只有11月和11月。

此外，我一点儿也不想参加派对，也不想喝啤酒。也不想去人多的地方，毕竟他们会在那儿喝啤酒、干杯，还会互相偷包。

第701次

但我不介意11月。摆脱了季节的谎言之后，我就不介意了。这里的11月看起来并不温暖，午后阳光明媚，微风轻拂。11月没什么不好，我也不需要按季节旅行。我没有浪迹天涯的欲望。我只是觉得自己即将走出第二年，或者说，我正在一个根本没有“年”的时间里漂泊，因为我知道：我还没有拥有四季，也没有在为一部电影选择外景地。季节不是风景和地点，你不能用11月的片段来构建一个年份。当然不能。

第709次

还有一丝希望。我的那些“11月的日子”还有出路。四季轮回对我有所帮助。我已经接近了真正的一年。当我再次来到年末时，我可以走出11月18日。我在四季中的生活可以帮助我走出困境。

我不知道为什么今年很难不去想这件事，我也不知道为什么我一直试图抓住这微不足道的希望。我意识到，希望有时会降临。希望是难得的访客，并不总是受欢迎的。我曾试图制造一台季节机器，试着开始新的一年。但我不是已经尽我所能，让时光倒流了吗？

第721次

我不相信一次能跑很长时间。我不相信你能跑上一年。我不相信我可以在新的11月里继续奔跑。我不相信我可以加快步伐，沿着我的11月之路奔跑，17日、18日，然后是19日、20日。

我想我总是在11月18日醒来。在一个没有季节的时间，没有星期或月份，没有节假日，没有日历或年份。它是慢性的，无事可做。我走在街上，我在11月，我失去了四季。再见，四季。你好，11月。

第733次

现在，一年过去了。我想，这是一个季节性的年份，但它们并不是四季。它们是从我11月的日子里捞出来的碎片。无论你如何按照气象学家的曲线和计算来运行，你都无法运行一年，你也无法用11月的碎片来构建一年。这是不可能的。我尽量不去想年份。这并不容易，但现在我想去想日子。温柔的11月，日复一日。天亮了，天黑了，天亮了，天黑了，又天亮了。

两年后的11月18日，733天，明天734天，后天735天。还有多久？直到我死去？但我还没死。现在是11月。我在杜塞尔多夫。我为什么会在这里？

第738次

我来这里是因为一个小型高气压系统就在城市的东面，是天气把我带到了这里。我来这里是因为不下雨，因为没有下雪，这是11月的一天，但感觉不像秋天。只是一天而已，温暖得让我不再渴望夏天。没有雨，也没有冬天的寒冷。一阵暖风拂过街道，三点钟左右，阳光普照，但这不是冬日的阳光，不是春日的微光，也不是夏日的炙烤，这只是阳光。

我找到了一个地方，它不会让我想起雨中的克利希苏布瓦，也不会让我想起没带伞的托马斯。这个地方不会让我向往老塞尔特花园里结着厚厚冰霜和一层薄雪的冬天。一个不会让我在商店里漫步寻找春天迹象的地方。我找到了一个地方，它不会让我想起托马斯拖着夏天的身体爬上吱吱作响的楼梯，或下楼。

在没有四季的日子里，我住在酒店的房间里。晚饭后天气温暖，我坐在公园的长椅上，抬头仰望树梢，可以看到树上的黄叶时隐时现。这一天没有逝去的夏天，也没有即将到来的冬天。我的11月是温暖、永恒和金色的。当我停在温暖和金色的永恒中时，我还需要什么季节呢。这是一种友好的重复。夫复何求?

第*741*次

现在，我在维森威格大街发现了一套空置的公寓。这里曾经是设计工作室，但建筑师已经搬走，现在改成了住宅。面向街道的窗户是磨砂的，看不到里面。贴在百叶窗上的广告说公寓没有家具，但前租户留下了一张床，厨房里有一张桌子和两把椅子。我不需要更多的东西。一把椅子就够了，但我没有告诉房东。

我在贴有广告的窗户旁经过几次后，才意识到这就是我将要住的地方，不是在充满人声的房间里，不是在散发着淡淡霉味的灰色房子里，也不是在四季变换的酒店和房子里。

当我重新买了一部手机后，我就拨打了广告下方被涂黑的橱窗里的电话号码。原来，房主就住在这栋楼的顶层，我设法说服她立即带我看房。她先是解释说她很匆忙，正要出门，但下午晚些时候或第二天早上可以再来。我坚持说我就在附近。我不想耽误她的时间，但我需要马上找到一套公寓。我可以在五分钟内筹到押金，然后立即入住。我之所以加了五分钟，是因为如果你带着足够的钱到处逛，为偶然遇到的一套公寓支付房租，那就太奇怪了。停顿了一会儿，房主同意了，五分钟后，我按响了公寓四楼的对讲机。

没过多久，我就听到楼梯上传来下楼的脚步声的回声，下一秒，楼梯口的门被打开了，开门的是这栋楼的女主人，她是一位年长的女士，比起楼梯上疯狂的脚步声，她的头发更符合我在电话里听到的声音，听起来更像是一位年轻而忙碌的女士，除了把公寓出租给随意的路人，她还有其他事情要做。

我的新房东很友好地和我打招呼，可能是因为我太匆忙，她有点儿困惑，但她还是带我参观了公寓。我做了自我介绍，并讲述了我如何从布鲁塞尔来到杜塞尔多夫参加工作面试，如果能立即开始工作，我就能得到这份工作的故事。如果可能的话，我想立即接手这套公寓，并希望立即支付押金和第一个月的房租。

最后，她同意立即解决一切问题。我们来到四楼，我用现金付了定金。我出示了护照，她打印出一份合同，我立即签了字。二十分钟后，我拿到了新家的钥匙。我跟着房东走下楼梯，把自己锁在我租的公寓里。房东友好地笑了笑，挥了挥手，然后匆匆去找她的车。由于前一天晚上交通拥堵，她不得不把车停在几个街区之外，现在她也不太确定自己把车停在了哪里。

我想，在她上车之前，我已经开始有家的感觉了。我已经习惯了这些短暂的片段。我已经习惯了没有什么事情可以等到明天，一切都必须在此时此地处理。在我与其他人的几次接触中，我总是要说服他们事情必须马上处理。我不能回到第二天，现在就是此时此地，因为明天就是今天，但我通常不会这么说。

和房东道别后，我把行李放进新公寓，环顾四周，打开院子的门，院子里有一棵欧楂树①，树上结满了成熟的果实。它立在那里，有橙色也有褐色。这是秋天的颜色，但我不去想这个，我只想着欧楂树。

第754次

我不知道人怎么能习惯这样的状况，但这就是事实。也许你能接受很多事情，只要你能摆脱生活中的大部分烦恼。当身边没有危险的时候，当生活没有戏剧性，没有贫困、疾病和自然灾害，那我就是安全的。我没有什么可害怕的东西：现实生活中的灾难、意外、损失、失败和犯罪。

---

① 一种生于亚洲南部和欧洲东南部地区的果树，果实可直接食用，也能加工成果汁、果酱以及干果等。

我经历的灾难和事故都很轻微：一次轻微烧伤、一次脚扭伤和一次得益于制动系统而避免的车祸。我经历过的最大的犯罪是一个足球爱好者骑着一辆摇摇晃晃的自行车抢走了我的包。除了时间流逝之外，我唯一丢失的东西就是一沓欧元、一个绿色的帆布笔记本和两把钥匙。我有我需要的东西，我没有挨饿，我想买什么就买什么。我可以回到托马斯身边，进入他的生活模式。他还活着，我相信他还在克利希苏布瓦的房子里，在他的模式里。我没有遭受损失，我没有被辜负、被拒绝或是被抛弃。没有发生什么可怕的事。

第*761*次

下午，太阳出来的时候，我可以把椅子搬到院子里，坐在阳光下晒太阳。几乎没有什么能让我想起我在克利希苏布瓦的生活，也几乎没有什么能让我想起我试图打造四季的努力。我不必模仿某个人在某所房子里的每一步，我也不必按照自己节奏之外的任何节奏移动。我只需在房东外出或归来时隐身，因为她早已忘记我的存在。她第一次出门是在早上，三个小时后回来。她第二次出门是在下午，当时我正坐在院子里，但她五点多一点儿就回到了四楼的公寓。她丈夫每天清晨出门，六点前回来。他们在家时，我想开灯就开灯，因为从他们四楼的公寓看不到我窗户里的灯光。街区里的其他公寓也租出去了，但租户们白天大部分时间都不在家，我听不到他们的声音。我偶尔会听到楼梯上的脚步声，但通常只能听到外面街道上驶过的汽车和电车声。我想，在足球比赛期间，街上的声音会减弱，因为我听到欧楂树叶中传来微弱的低语，这在早上是听不到的，但也可能是因为风有点儿大。到了晚上，声音变得更加清晰，不是因为风大了，而是因为街上的声音变得更小了。公共汽车已经停运了，小汽车也少了，树的声音也不再是耳语，而是黄得近乎干枯的树叶发出的沙沙声。如果我晚上到院子里去，那声音就会有更多的细微差别，那是一种杂乱无章的声音。树叶与树枝碰撞，树叶与树叶碰撞，欧楂掉落在地上。它落地时发出沉闷的砰砰声，沿着地面滚了一小段距离才停下来。听起来就像树上结出果实时，世界在对它说“danke”[1]。

第763次

最近，我在商店里看到了圣诞节的迹象。当然，它们一直都在，但我一直在寻找1月、2月和3月，一直在寻找复活节、春天、夏天、8月和9月，我错过了所有圣诞节的小迹象，但现在圣诞节开始出现了。我想到了托马斯，想到了我的父母，想到了我的妹妹。我想到了礼物，但没有什么可买的礼物，也没有时间吃圣诞布丁。没有时间吃火鸡或烤土豆。没有时间在冰箱的笑声中唱二重唱。没有月份、季节和节日。只有11月，而我想要11月，尽管我想要一年开始过去，但我找不到路，因为我丢了我的季节簿。谢谢你，骑自行车的贼。

① 德语，意为“谢谢”。

第775次

当然，这不是圣诞节，也还没到新年，虽然我已经数好了日子，但我不会去买香槟，也不会盼望我的街道会下雪。我的新年早晨，在白色的灯光和屋顶的雪景中，感觉无限遥远。我的新年感觉就像一场早已被我抛在脑后的旅行。

我的时间不是圈，不是线，不是车轮，也不是河流。它是一个空间，一个房间，一个水池，一个浴缸，一个脸盆，一个水箱。它是一个农场，有一棵欧楂树和秋日的阳光。它是11月的咖啡和阳光。Danke。

第793次

当我坐在院子里时，我能感觉到时间是一个容器。时间就是这样。这是一个你可以沉浸其中的日子。一次又一次而不是只能淌一次的溪流。时间不会流逝，而是静止不动，它是一个容器。每天，我都把身体放进11月18日。我移动着，但没有任何东西越过边缘。时间是一个空间。时间是一个房间。时间是我的院子，有午后的阳光，有汽车的声音，有远处的电车。我的白天是一个容器，每天三点左右都有温暖的风和阳光。夜晚是一个容器，里面有一棵在风中沙沙作响的欧楂树，当果实掉落时，夜晚会说“danke”。

第844次

我已经习惯了这种节奏。我的早晨是从莫勒咖啡馆开始的。我沿着维森威格大街走几米，右转，咖啡馆就在拐角处。我上楼几步，打开门。我听到一阵轻微的铃声。我走进去，在一张桌子旁坐下，总是那张靠窗的桌子，在那儿可以看到街上的景色。我在8点39分至9点12分到达，因为如果我稍早或稍晚到达，桌子就会被占满。然后我再往房间里挪一点儿，但我通常都会准时到达。我点了茶，茶装在柜台后面的大金属罐里。我可以看到八个大罐子，我交替使用，希望不会把存货用完。有时我会点面包和奶酪，或者酸奶加水果。通常我什么也不吃，只是坐在窗边喝茶。

我的下午和上午一样。三点左右，我在院子里拉把椅子坐下。泡上一杯咖啡，拿上一本书，坐在阳光下。温暖的阳光足以让我坐上一两个小时。

我担心的只是我的早晨。我焦虑不安，无所事事。我想着克利希苏布瓦家中的嘈杂声。我在几个街区外的公园散步，去购物或去附近的图书馆，但直到下午太阳出来，把椅子搬到院子里时，我才能平静下来。

我的夜晚很短暂。我做一点儿吃的，或者走到街对面的一家希腊餐馆，坐在角落里，那里的人每天晚上除了做同样的事情，什么也不做。我已经习惯了他们：一个年长的男人，在短暂的等待之后，一个女人（可能是他的妻子）加入了他的行列；一群成年人，还有一个穿白衬衫的孩子，试图像成年人一样说话；两个和我年龄相仿的男人，坐在一起用餐。

有时我会去旧货店淘一些小的必需品，然后装在包里。晚上，我把包放在床脚，通常要过几个晚上，东西才会变成我的，然后我才能把它们放到厨房里。刀叉、削皮器、咖啡研磨机，经过三个晚上我才把它们放好。我买了一把扶手椅，放在空荡荡的客厅里，已经连续在上面睡了几个晚上。

我经常在商店关门前进城。我发现商店和熟食店里有一天结束时要丢弃的货物，面包店里有到了明天就卖不出去的面包。如果时间是一个容器，它可以被清空。如果我不小心，很快就会在城市里看到我的踪迹，用完的东西、空空的货架、徘徊的怪物、行动中的怪物、捕食者的血迹。

我不想成为怪物。我保持平衡，小心翼翼地行走在这个世界上，尽可能地减少我的足迹。我试着不紧不慢地度过每一天，步履从容。我是一个伪装成蝴蝶的怪物。

但我知道，我在莫勒咖啡馆度过的早晨终究会留下印记，我迟早会不再光顾维森威格大街上的这家咖啡馆。尽管如此，我还是会再来，因为我有宾至如归的感觉。我选择不同的饮料，从菜单上选择新的菜品，变换着花样，希望厨房里有充足的储备。我看着窗外街上的人们，看着今晚的客人，想着如果这是我穿白衬衫的儿子，如果这是我在和友人用餐，如果这是我遇到的白发苍苍的丈夫，我会怎么做？我觉得我是在朋友中间。虽然我在足球迷和啤酒水坑中体验到的集体感已经消失，但这些人也算是我的朋友吧。

第862次

我试图掩饰，但我知道，我是个怪物，正在吞噬我的世界，不需要任何借口。我可以吃剩菜剩饭，我可以饿着肚子度过一天，我可以不怎么留痕迹地从一个地方走到另一个地方，我可以分散购物，我可以在莫勒咖啡馆选择最满的茶叶罐，但这些都是为了掩盖真相，让怪物变小。我知道，在某个时刻，一切都会结束：空罐，空壶。这一切都无法掩盖。我是金色笼子里的小怪物。我在橘子开始发霉的前一刻买下橘子，我站在商店里，比关门时间还早一点儿，冷盘或橘子腌肉的包装上写着11月18日，这就是我去买的日期。我吃我能找到的东西，反正所有这些东西很快就会变成废物。我带着我买的东西回家。时间变成了傍晚，又变成了清晨，还是那个金色的日子。

第877次

当我听到黑夜对我说“danke”的时候，我就会调整自己的状态，这对我有帮助吗？窗户向庭院敞开，似乎能够听到欧楂果掉落在地的声音？我觉得我很幸运，因为可能会有灾难和悲剧、疾病和困苦。我躺在清晨的黑暗中，想着“danke”，如果睡不着，我就会爬起来。

我知道我站在金色的牢笼里，外面是一个动荡的世界，一个黑色的广场。我知道，因为我的世界是镀金的，我打开大门，飞了出去。不，我没有飞到任何地方，我被困住了，我带着我的金笼子，但我不是瞎子。我能看到我的周围还有另一个世界，而我停滞不前的一天只是一个很小的意外，它撞上了金笼子里的怪物。

如果我在身边撒一点儿金子，会有帮助吗？一个人在超市门口坐下，我递给他一枚硬币或一张纸币。我走进一家商店，为坐在火车站前广场上的一个小家庭买了一袋食物。他们在袋子里找到了饼干和三明治，第二天，他们又带着牌子来到那里，恳求帮助。今天他们得到的是一张纸币，明天他们还会来，我会在车站为他们买三明治，然后回家，坐在阳光下，我又会醒来，成为橙黄色世界里的一个怪物。

一名妇女站在脚手架前，一脸茫然。她不知道自己身在何处，阳光照在她的脸上，她无法继续前行。她的头发花白，闪闪发光，正抓着脚手架上的一根金属管。我伸出一条胳膊，帮她走下脚手架，在最近的咖啡馆为她找了一把椅子，点了一杯果汁。过了一会儿，她想起了刚刚离开的疗养院的名字。我扶她回家，第二天她又出现在那里。她困惑地四处张望，然后开始走路，我跟着她。她朝疗养院走去，她走的方向是对的，我保持距离，她快到家了，然后我停下来，让她走。我看到她越来越小，她能找到自己的路，她不需要我，也许她已经在路上了，走出了18日，走进了19日。也许我才是那个迷失的人，也许他们都在走向未来，走向19日、20日。也许他们已经走了，只把我留在了阴影里。只有我站在这里，看着他们的身影越来越小，有超市门口的男人，有车站前的小家庭，有忙碌的房东太太，有络绎不绝的足球迷，也许他们都早已离开人世，而我站在这里，站在他们中间，站在重复的阴影里，站在早已逝去的日子的印记里。我走来走去，以为我能帮上忙，以为我的笼子是金色的，以为我能伸出我的手。

我想起家里的托马斯，想起那一排永远不会变短的韭葱。也许他已经离开了我，日复一日，第877天。我的父母在他们的房子里，在花园里的榅桲丛中。榅桲早已被采摘，灌木丛还在继续生长，它经历了冬去春来，开出了红色的花，又结出了黄色的果实，又一个冬天到了。

他们从我身边逃走了吗？我不知道，但感觉不是这样，感觉就像在阴影中生活。我抛开了这个想法。只是时间停止了。我坐在院子里晒太阳，很快太阳就移到了教堂塔楼的后面，阳光消失了，这里变得有点儿凉了，我挪进了屋里。

第889次

前天，在一个烦躁不安的早晨，我花了几个小时整理我的口袋和书包。这就是我每天的任务变得如此渺小的原因。我的生活圈子有限，我的琐事微不足道。

我在包里发现了购物小票和生活用品，我正在把它们变成我的东西。这已经成为一种习惯，我把东西放在包里，而且我总是随身带着包。晚上，就把它放在床脚，靠在墙上，有时我在收拾东西时，会意识到我带走了什么。并不是所有东西都会留在我身边，有些东西会在旅途中消失，随意买的东西也会突然不见。如果有些东西我离不开，我就会再买，但有些东西就会回到它们原来的地方。这是一个松散的世界，我已经习惯了。

我把记事便条和购物小票收集在一起，把它们堆在厨房的桌子上，然后扔进了垃圾桶。我找到了放在包底的袜子和内衣，把它们拿进卧室，堆在床上。我把一把草药刀和一把剪刀放在厨房的抽屉里，还有一套茶具放在边上的口袋里，两包从咖啡馆买来的略微皱巴的糖包放在厨房桌子上一个有缺口的杯子里。

我在外套口袋里翻了翻，找到了一支钢笔和那枚古罗马硬币，我一定是在拿回包的时候把它们放进了口袋，但我几乎把它们忘了。我把古罗马硬币和皱巴巴的糖包一起放进了厨房桌子上的杯子里，然后就把它放在那里，整理最后的东西，准备去街上散散步。

过了一会儿，当我走进厨房时，我已经把那枚硬币忘得一干二净了。当我发现它时，它似乎很奇怪地躺在一个杯子里，旁边还有几包糖，我之所以带着它们，是因为它们本来是要被扔掉的。

我从杯中取出硬币，用手指轻轻捻动。我看着安东尼·庇护的肖像，让手指在金属的浮雕上滑动片刻。我翻转硬币，看着站在谷穗和玉米穗旁的阿诺娜。我抚摸着凹凸不平的边缘，用手掌掂量着硬币，让它掉落在厨房的桌子上，然后重新捡起它：这是过去的一小块碎片，是我收拾残局时留下的，在我的世界里再也找不到一席之地。

我环顾厨房四周，却找不到放硬币的地方。我把它放回杯子里，再把它推向厨房的水槽，我有一种想把它扔掉的冲动。我想，它已经变得无关紧要了。从我的第一个11月18日起，它就是我生活的一部分，它一直放在菲利普·莫雷尔商店的柜台上。它是我送给托马斯的礼物，一份爱的礼物，一件从未被他收藏的物品。尽管它后来不见了，但我在克利希苏布瓦时，对它的思念一直伴随着我，就像一个不确定的因素，一个时间断裂之谜中的未解之谜。当我在菲利普和玛丽那里再次找到它时，它成了离别的礼物，成了他们离开时的道具，成了突然的拒绝，成了友谊的消散。但现在，它不再有任何意义。它是一枚被随意遗忘在口袋里的古罗马硬币，后来又被发现，是我随身携带的物品，现在被放在厨房桌子上的杯子里，格格不入，几乎碍手碍脚。

它不是一枚普通的硬币，这一点显而易见。当然，它是一件历史文物，是过去的象征，是世纪的接力棒，是逝去时代的金属见证，等等。但也仅此而已。也许它的浮雕和符号很有趣，但并不重要，不再重要了。这是钱币商和古董商才会在意的东西。

我想，一枚硬币也不能留在水槽边的杯子里，后来我从杯子里拿出了那枚古罗马硬币，把它放进了钱包中一个闲置的夹层里。我把装有糖袋子的杯子推回厨房水池边，然后把钱包放进包里，穿上一双短靴，从厨房地板将包拎起来。

但现在，一想到要带着钱包里的这枚古罗马硬币四处走动，我就心烦意乱。它与我的钱包里其他流通硬币格格不入，所以我又把它拿了出来，放回了厨房的桌子上，它就躺在那里，经历着一种我无法解释的奇怪蜕变。或者说是谁发生了蜕变，当然，不是古罗马硬币躺在厨房桌子上时发生了变化。但我就是有这样的感觉。

我犹豫了一下。我回到卧室，把放在床上的几小堆衣服挪开，把其中的一堆放在我在卧室里搭起的架子上，但过了一会儿，当我回到厨房时，我能感觉到人们越来越关注桌上的那枚硬币。我想，这枚硬币对我来说意味着什么？尽管硬币对人们来说并不意味着什么。

我觉得这有点儿愚蠢，但随着这种情绪占据了我的头脑，我意识到了另一件事：不仅仅是古罗马硬币有某种意义，与此同时，我还能感觉到一种空虚、一种失落、一种转变、一种流离。仿佛有一个空间悄无声息地打开了，并不大，至少我没有这种感觉，但我却无法将它重新关上。把注意力转向另一件事也无济于事。古罗马硬币让我感到空虚、孤独和无知，我一无所知，我只知道我觉得古罗马硬币就在那里，在我面前充满了意义，而我内心的空虚却在增加。几乎就像我的一部分已经奇怪地滑落到硬币里，滑落到一块旧金属里，留下了一个开放的空间。

我有属于自己的一天。我没有计划。我有时间思考我的古罗马硬币，思考它的变化，思考我赋予它意义的需要，以及一种空间打开的奇怪感觉。我有时间停下来，发现自己的猜测是愚蠢的，我可以坐下来思考我试图赋予这金属般的冷漠以意义，思考我将什么主义投射到一块金属上。

我就这样做了。我坐下来，思考，编造解释，思考这个奇怪的机制。某一刻事情有了意义，并不是说这有什么奇怪的。当然也有非常奇怪的地方，如果你仔细想想，这可能是人类最奇怪的特征之一，但这也是我们乐于接受的奇怪现象之一，这种将意义附加在简单物品——结婚戒指和珠宝、幸运硬币和护身符、魔法石、遗物和圣物上的冲动。

我在想我们投入了什么？发生了什么？我们在街上捡到幸运硬币，戴上戒指，拿出灵位。我们给它们注入意义，在它们身上附着上它们原本没有的东西。它们就在那里，那些东西，我们却让它们变得不一样了。

但是，当我再次靠近硬币，惊叹于出现的奇异、颤抖的虚空时，我想，这也变成了不一样的东西。桌上的硬币既不是黄金制成，价格也并不昂贵，但它具有一种不均匀的、黑暗的、我无法把握的东西。但很明显，当我站在厨房里时，有什么东西开始移动了，那枚硬币启动了引擎，让什么东西开始运动，而我必须跟上。我在公寓里走了一圈又一圈，准备出门，却无法将思绪从厨房桌上的那一小块金属上移开。我想，这肯定不止这些。

我终于离开公寓，把古罗马硬币放在厨房的桌子上时，已是下午时分。我很焦虑。我沿着维森威格大街向河边走去，我沿着河边走，想着罗马人和他们的钱币，想着莱茵河，它曾是罗马帝国的北部边界，我突然觉得我认识他们，罗马人。他们与我相伴已久。我不知道是我追随着他们，还是他们追随着我，但我觉得厨房桌上的硬币突然从我的记忆中被唤起，就像是一个老熟人。

走着走着，我想起了一些小知识，我读过的书，我十几岁时的学校作业，菲利普·莫雷尔对他展示柜里的硬币发表过的一些评论。我记得我为T.&T.塞尔特买的一本书中的罗马建筑草图。我还记得我在四季旅行途中获得的大量信息，我在旅行中看到的废墟是欧洲过去的一瞥。我想起了秋日里参观过的博物馆，在安静闲适中漫步。我看到了地板上的马赛克和圆柱、雕塑和工具、日常用的壶和夜间用的油灯、服装和首饰的残片、碗和有色眼镜，我带着一种淡淡的好奇冷漠地看着这一切，但现在这种冷漠已经消失了，取而代之的是一种奇怪的、令人颤抖的空虚感，一种对知识的渴望，这种渴望牵引着我沿着河流前行，试图找出我开始对它感兴趣的原因。历史，硬币的历史，罗马人的历史。

我感到一阵不适，就像牙痛或轻微的头晕。我坐在一块石头上，眺望着河面。我很纳闷。我开始意识到，这个故事从未引起我的兴趣。如果以前有人问我是否对历史感兴趣，我的回答可能是肯定的。我会想，如果你卖古书，你就必须对历史有一定的兴趣，而有菲利普·莫雷尔这样的朋友，对罗马人的兴趣是不可避免的。但事实并非如此。我对历史文物的兴趣总是与众不同。

我想起了曾经被我留在厨房桌上的那枚硬币，它现在就在我的身边；我想起了当我被街上的人群带着走时，留在利松酒店的那几本书。我想起了许多图书拍卖会，想起了我在二手书店的书架和菲利普按年代排列的陈列柜中的钱币之间的徘徊，我清楚地意识到，吸引我的从来都不是它们的历史，而是这些东西本身。是纸张的触感和表面的印刷痕迹，是扉页的排版，是红与黑之间的平衡。是字迹的偏斜，是多年来磨损得凹凸不平的字体。是色彩的饱和度，是印刷的强度。是插图的线条，是雕刻的细节，是色域与裸纸之间的对比。是气味和声音。是差异：翻阅厚纸时的缓慢声音，薄纸上的轻声细语，镀金边缘和镀金松开时的瞬间阻力，拇指滑过书一角时手的轻微转动。这是装订的感觉，是磨损的一角，是锋利的边缘。我一直是用眼睛和手与我的书进行互动，正是这一点让我偶尔会在菲利普店里一个柜子前驻足，拿起一枚硬币。金属的质感和手掌的沉重感。浮雕效果和边缘凹凸不平的花纹。皇帝和皇后、神和女神的肖像。背面的图案：飞檐和灯塔、鳞片和猫头鹰、匕首和剑。

吸引我的不是事物的历史，而是从历史中消失的一切。历史的事物。在我的世界里，历史不过是产生它们的时间。也许时间轴可以让我们有序地组织事物，但也仅此而已。我从未有过深入了解历史背景的愿望，我不想为那个时代的怪事找到解释，也不想了解人们的日常生活，我对战争、权力斗争和政治事件不感兴趣，我不关心时代精神或经济状况。

T.&T.塞尔特从来对历史不感兴趣，我现在这么想，但这不是真的，或者说只对了一半，因为托马斯对历史很感兴趣。托马斯读乔斯林·米隆的书，他读关于兴衰的书，他想要了解一些东西，他想要关于历史的解释、联系和见解。

但我从未对历史产生过兴趣，当我想起我和菲利普坐在他店里的柜台前，带着些许讽刺意味地讨论对历史的渴望时，我意识到我一直觉得历史很奇怪，历史击中了很多人：我们的顾客、收藏家、对过去有需求的人。他们对逝去的时光充满憧憬、怀旧，渴望与早已逝去的事件和人物建立有意义的联系。

现在我自己也被击中了。一枚误入歧途的硬币让我有种想知道更多的冲动。关于阿诺娜和安东尼，关于罗马人和他们的边界，关于诸神、皇帝、钱币和粮食贸易。

当我坐在那里眺望水面时，一艘船从我身边驶过。太阳出来了，我站起身，转向城市的方向。我忧心忡忡，焦虑挥之不去。我在一家从未去过的面包店买了一块面包。我走进一家书店。起初，我在店里转来转去，百思不得其解，但很快我就发现了一本书，封面上有一幅黑白图画，是罗马帝国的疆域图。我以前见过这张地图，可能是在书上或博物馆里，于是我买下了这本书，放进了包里。在另一家书店，我又找到了几本书。我路过一家超市，在那里买了一盒装在塑料盒里的沙拉，外面贴着一个黄色的大标签，上面写着沙拉将在当天结束前被扔掉。

不久之后，我走回维森威格大街，古罗马硬币非常平静地躺在一个有缺口的杯子旁边。我从包里拿出书，在厨房的小桌旁坐下。

也许这很简单：我被时间困住了，而这就是古罗马硬币。它曾经是金属，熔化的、液态的、无形的，然后突然一切停止了，在它被印上安东尼·庇护和阿诺娜、莫迪乌斯、麦穗和一切的那一刻。时间停止，保持不变，铃声响起。它被放进了一堆新铸造的硬币里，时间就静止在这一刻。

罗马人停了下来。长途跋涉之后，他们没有继续前进。他们到了边界，向前走了走，又向后退了退，然后他们停了下来，筑起了一堵墙，帝国停止了扩张，在原地摇摆不定。时间停止，保持不变，铃声响起。

我困在11月18日，无法继续前进。铃声响起，时间停止。硬币引起了我的兴趣，这奇怪吗？并不奇怪。罗马边界让我感到好奇，这件事奇怪吗？不奇怪。硬币。罗马帝国。塔拉。时间停止，保持不变，铃声响起。我们属于同类。

院子里还有一点儿阳光，我坐在罗马帝国边界的金色笼子里吃着沙拉，现在我坐在这里，坐在从厨房搬到客厅的餐桌旁，旁边放着那枚硬币。我把书和我的古罗马硬币一起放在桌子上，我时时刻刻都能感觉到，这种冲动、饥饿或其他什么东西都不会消失。当我坐在院子里，沐浴着教堂塔楼后面消失的最后一缕阳光时，我感觉到了；当我搬动公寓里的家具时，当我读了几个小时的书后入睡时，我也感觉到了。昨天早上醒来时，以及昨天一整天，我都感觉到了，现在又到了傍晚，我在罗马世界进行了一天的小规模随机考察，我也感觉到了：我被赋予了一项任务，一个方向。有些事情已经开始了，而我所能做的就是跟着它走。

昨天早上一起床，我就去了城里。我没去莫勒咖啡馆吃早餐，到了傍晚，我去了趟图书馆，包里有一摞书。我把它们带到图书馆附近的一家咖啡馆，开始阅读，没过多久我就决定也买一台电脑。以前我觉得这没有必要。我还有手机，虽然手机一旦不使用就会与外界失去联系，但在必要时还是可以激活的，但这已经不够了，我需要一个永久的连接。不久之后，我买了一台笔记本电脑，连同书一起带回了公寓。

下一步是上网。我租房时，房东告诉我房子里有网络，我只需要一个密码。我在租房时没有得到这个密码，但这当时也是不必要的。我不需要连接到任何网络，因为没有事需要我去联网，也没有我需要调查的事情。

现在我还差个密码，于是立即开始计划如何拿到密码。首先，我想我必须反复与房东进行会面。房东显然已经忘记了她有一个租客，因此坚信房子是空的。我必须让这套公寓看起来无人居住，我必须再次给房东打电话，我必须再次坚持，再次说服，再次租下这套公寓，唯一不同的是，这次我必须立即拿到网络密码。然后，我想我可以去敲小区里其他租户的门，介绍自己是一楼的新租户，然后问他们要密码，或者我也可以设置一个移动网络连接，但就在这时，我想起了我租房那天下午在门垫上发现的一个信封。我把它放进了我的包里，几天后，当我整理我的包时，我把信封落在了厨房里。我登记的时候，记得信封里有走廊上信箱的钥匙，但因为我并不指望收到邮件，所以信封先是放在厨房的桌子上，后来我又把它放在了厨房的橱柜里。我发现信封靠在橱柜后面的一个水杯上，果然，关心我的房东不仅在信封里放了信箱钥匙，还放了一张写有连接网络的密码的纸条。我输入了密码，立刻就可以访问我所需要的一切。

第903次

这是一种奇怪的追求。它从我睁开眼睛开始，我的渴望、我的动力、我对知识的奇特渴求。它引领我度过每一天，把我送出公寓，让我坐在客厅的餐桌旁。这是一种无法停止的追求。我的书本打开放在公寓的地板上。还有一些纸，上面有我正在研究的东西的记录和清单。我捡起了书，我需要书架，但地板就是书架。我有一盏灯，当我意识到已经到了晚上，我就会打开它。我坐在扶手椅上，看一两本书。有时我在椅子上睡着了，但通常我都会找到我的床，清晨一到，我又开始了我的渴望，我的势不可挡的追求。

可以暂停。我坐在院子里晒太阳，我在充电。我在阳光下暂停，但不会太久。

第927次

它始于一个茫然的早晨，我突然醒来。我把电脑搬到床边打开，我的早晨就开始了。每天都会发生同样的事情：我输入我的密码，我发现的一切都不见了，但这阻止不了我。事情就是这样。我无法保存文档或文件，也没有历史记录，因为所有东西都会在晚上消失。我就是这样工作的，早上醒来，打开电脑开始工作。我在罗马的世界里漫步，我发现并收集，让自己在随意的圈子里转来转去。我追随一种冲动、一个问题、一个奇迹。我被引向更远的地方。我提着灯笼四处走动，照亮角落。我掀开窗帘，吹去句子上的一点儿灰尘。

清晨，我离开床铺，坐在桌前。我去市区买生活必需品，在午后的阳光下闲坐。傍晚时分，我则回到我的扶手椅上。我阅读或努力回忆一天的经历。夜深人静时，我上床睡觉。第二天早上，一切又重新开始。

起初，我很担心。电脑买回来的头天晚上，我小心翼翼地把它收拾好，放在床边。夜里我醒了几次，以确保它还在那里。到了早上，它还在那里，电脑、电线、书籍和所有东西都在，但我检索到的信息却不见了。它不见了，正如你所期望的那样：搜索记录、文件和文章，一切都不见了。我不得不重新输入密码，但这并不让我感到惊讶，也不是什么问题。当我徒劳地试图检索一篇我还没来得及阅读的文章时，我想，这是一种自由。我知道，11月18日是一个松散的世界，你无法抓住它。它有停止工作的电话、空白的移动存储器、需要反复输入的密码、一夜之间消失的搜索记录。每天早晨，一切都会消失，11月18日醒来时，一切都焕然一新。

我就是这样进入罗马世界的。我没有方向，也没有策略。我不需要摆脱瓶颈，因为它们自己就会消失。我的记忆力有限，我不可能记住所有的东西。我只能记下标题、名字或网址，剩下的就只能遗忘。

日子就是这样一天天过去的。一天一天过去，我醒来，在故事里走来走去。我能感觉到我的大脑在成长，它从记忆中成长，从我发现的一切中成长。从遗忘中成长，从遗忘中释放，从遗忘中留空。第二天，我在留空的地方寻找新的知识。

有些晚上，我一觉醒来，发现自己正把手放在电脑冰凉的表面上。我开始焦虑。感觉好像有什么东西消失了，我知道这是遗忘的开始，数字记忆正在自我删除。我坐了起来。我环顾四周，但我的世界依然存在。我聆听着夜色，如果我打开窗户躺在院子里，就能听到欧楂树随风摇晃的声音，也许还能听到欧楂果落地时的一句“danke”。我听到远处汽车的嗡嗡声，如果我没有睡着，我还能听到清晨黑暗中第一辆有轨电车驶离的声音。

第956次

怎么称呼一种带着驱动力的空虚感？怎么称呼一种无法忽视的狂热？怎么称呼一种永不停歇的追求？我来给它命名吧。一种冲动，一种饥饿，一种渴望，一种欲望，一种动力。我称之为兴趣，称之为求知欲，我认为是对历史的渴望和对过去的憧憬，但这并不准确。这是一种开诚布公的不安，一种没有目的的空虚。我把椅子搬到院子里。我倾听欧楂树的声音。它若无其事地伫立在那里，在轻风中保持平静。

我想知道更多。这是一台机器，一台已经启动的脱粒机。我想前进。我给牲口驮上粮草，给马套上马鞍，我想继续前进，我四面侦察。我用耐心武装自己，我搜寻和收集。

我追随的是罗马人的脚步。我追随他们在山水间修筑道路。我跟随他们来到年复一年变换的边界。我在旅行，我们在扩张，我们想要前进。我跟随军队前进。我和军团一起，背着行囊，带着武器，赶着牛羊，向四面八方走去。当他们扎营或打仗时，当他们偷窃、掠夺和交易时，我也跟着他们。

我追随着他们的敌人和盟友。我远远地看着他们。我站在山顶上，关注战斗，从战场上捡拾战利品。我借一匹马、一辆战车，在脚上绑上凉鞋。我与大象同行，在雪地里翻山越岭，艰难跋涉。我坐在岸边，几乎看不见，当桨手们在一个点后面伏击一艘战舰时，我先是跟着一艘，然后是另一艘，然后我又回去，在一个平静的岸边登陆。

我想前进，我想耕耘，我想收获，我想收集，我想寻找，我想继续前进。这是一扇打开的门。有风，风吹过房间，吹过风帆。船在海上航行，大副在呼喊。我们正载着满满的谷物，一支船队在途中航行。我想到了老鼠和虫子，想到了海盗和风暴。我爬上桅杆，看到港口和灯塔。当谷物计量器测量谷物、麻袋运输船搬运麻袋时，我就在那里。我驾驶驳船在河上航行，现在我能听到城市的喧嚣。楼房如雨后春笋般拔地而起。有起重机、搅拌机和升降机。水泥将一切连接在一起。

我在水渠旁奔跑，示威性地蹲下。我能听到水从头顶流走的声音，我跟着水流进入城市，水流向蓄水池、喷泉和房屋。我站在那里，俯视着罗马的排水沟、道路下面的下水管道。我想知道更多。它们是如何建造的，又是如何发明的？不，不是他们发明的。他们借鉴了伊特鲁里亚[①]人的技术，包括水渠。

我看到更多的城市出现在眼前的风景中，还有海岸边的别墅和更多的道路。我沿着补给线一路前行，不断有新的补给品从帝国各地运来。然后是来自小亚细亚[②]的盐和来自西班牙的橄榄油，来自南部田野的葡萄酒，装在大容器里的水果糖浆和鱼露。还有来自埃及、西西里、撒丁尼亚和北非沿岸的谷物，所有的谷物都来自不列颠尼亚的田地，而远在黑海边的摩西亚的谷物也被运往罗马。

我听到磨坊在碾磨，有驴拉的，有水力的，还有奴隶拉的，总是有很多奴隶。面包在面包店的烤炉里被揉捏、成型和烘烤。我看着他们用老葡萄树上的木头生火，现在我在葡萄园、小农场和巨大的生产农场周围散步，奴隶们在那里收获、种植和播种。一个奴隶看了我一眼。这让我停下了脚步。我的四处奔波是畸形的。我是一个想要了解更多的怪物。我掠夺了他们的历史，绵延了两千年，现在我还意犹未尽。

---

① 位于意大利中部的古代城邦国家，后被罗马人吞并。

② 与下文中提到的西班牙、埃及、撒丁尼亚、摩西亚、不列颠尼亚等地区均为古罗马帝国时期的行省。

大象、长颈鹿、鳄鱼和老虎等野生动物从遥远的帝国各处赶来时，我也在那里。我观看赛马场上的赛马，观看角斗场上的角斗或喜剧表演，但现在我必须继续前行，因为现在我关注的是邮政服务，关注从一个城镇到另一个城镇，从一个营地到另一个营地的密封信件。我听到了马和骡子的声音。我沿着通往罗马、海岸和帝国边境的道路前行，但随后我们必须进入山区和矿区，因为罗马人需要金属。必须运输锡，必须开采铜和铅，必须开采银和金。我看到罗马人在征服新土地和运送物资时与承包商和运输商进行谈判。西班牙的山脉被破坏，黄金被大量开采，现在锡矿几乎空了，我们需要来自不列颠尼亚的锡，到处都坑坑洼洼的。我们需要波佐利[1]的火山土来制造水泥。港口、露天剧场和浴场如雨后春笋般涌现。水泥是永恒的，罗马是永恒的，帝国是没有国界的。

我整天都在寻找。我进入房屋，潜入卧室和厨房。我闻着从厨房端出来的碗碟的味道，如果厨房里的碗里面还有剩饭剩菜，我就会吃掉它们。

我不会满足于剩菜剩饭，我要发现厨师的秘密和面包

---

① 古罗马贸易中心，古城遗址位于现在的意大利。

师的技术。我用蜂蜜制作酱汁，用半熟的葡萄制作果酱，烘烤一种叫作“panis quadratus”[①]的古罗马面包。这是一种圆面包，需要与酸面团一起发酵，然后揉捏、成型、横切。我在面包上系一根绳子，因为当年他们就是这么做的，然后把面包放进烤箱。

我发现了盘子和罐子。我追随着陶工，现在还有玻璃工。他们从希腊人那里学会了玻璃铸造，但现在玻璃工匠们从南方各省赶来，他们带来了小苏打，很快玻璃就被吹得到处都是了[②]。一个玻璃高脚杯可以换一枚古罗马硬币，它们有各种颜色和形状，遍布整个帝国。不断发展的帝国就像一个被吹制的玻璃杯、一个碗、一个盆。我和他们一起向北扩张，现在我们进入了森林。我们的炉子需要木柴。我跟着他们在树林间穿梭，然后森林被砍伐，烧成木炭，沿着道路运输。时间又到了傍晚。

我整天跑来跑去，气喘吁吁。到了晚上，我已经厌倦了追逐罗马人。我停下脚步，躺在床上，静下心来，不知不觉一夜过去了，我的追寻又开始了。

---

① 拉丁语，意为“四方饼”，又叫“庞贝包”。

② 小苏打可以作为玻璃成分之一。在玻璃熔窑中，小苏打可用作辅助剂。

第981次

日子都差不多。我找到城市和街道的地图。我收集房屋和浴室、剧院和港口的草图。我阅读有关战斗和征服、权力斗争、阴谋和谋杀的记载。我有毒草，军队和军团的清单，战利品的清单，以及医生治疗膀胱炎、骨折和风湿病的方法。我收集日常工具、服装和首饰，以及妇女精心编织的辫子的图片。

我找到了计算结果和测量数据：粮仓面积和船只吨位、城市人口和军团规模。我找到了葡萄酒产量和橄榄收成的数字，每个罗马人每天谷物消耗量的计算，鼠疫流行受害者的人数和城市用水量的计算。

这是一个声音的大合唱：历史学家的记载，帝国各个角落的碑文，城墙上的涂鸦、书信、演讲、诗歌、法令和法律。我倾听过去旅行者的描述，对罗马建筑的敬畏，对神庙的敬畏，以及对维苏威火山喷出的水蒸气气味的恐惧。我倾听考古学家的讨论，经济学家的计算、分歧以及角落里的唠叨。我阅读古老的研究、众所周知的真理、新鲜的理论、最新的实验结果和奇怪的猜测。

我的记忆里已经没有空间了。那里到处都是罗马人，在街上奔跑呐喊或互相写信的罗马人。这里充满了寻宝者、测量员和建筑师，他们在几个世纪中奔波，试图找到罗马世界的遗迹。我遇到了历史学家、语言学家，现在还有考古植物学家、地质学家、海洋地理学家和考古化学专家。

我开始担心那些东西在夜里消失，现在我有了一台打印机。我有纸张和文件夹、放文件夹的架子。打印机把一页页的文件——图片和文章，摘要和随机记下来的笔记打印出来。打印机旁还有多余的墨盒。我收拾好东西，放进文件夹，然后睡觉，不知不觉一夜就过去了。

第992次

我的日子很简单，我的头脑很充实，我的夜晚很安静。早上醒来，我把电脑拖到床上。我看书，做笔记。我下载插图、讲座视频、演示文稿、文章和电影。白天，我坐在桌前，临近傍晚，我把所有内容打印出来，然后带上床睡觉。头几个晚上，我睡觉时把它们放在枕头边，但很快就放在床边的椅子上了。反正我也需要两把椅子。一把用来坐，一把用来放打印的东西。

第1021次

我发现了一件令人毛骨悚然的事。好吧，这不是什么大发现，但我现在觉得它令人毛骨悚然：罗马世界的一切都是一个容器。

世界上有容器，当然有，但我害怕的不是这个。我掉进了其中一个时间容器里，罗马人接触的一切都会变成容器，不只是阿诺娜和她的莫迪乌斯在那里。不仅仅是所有刚吹制的玻璃器皿，所有罗马的杯子、烧瓶和花瓶，不仅仅是双耳瓶、碗、壶、锅、黏土或木制器皿，不只是橄榄罐、烹饪锅和编织篮。当我不停地从罗马人的房屋和作坊跑进跑出时，我看到不断有日常使用的容器被装满和倒空。我检查这些容器，试着扭转它们。我从一个罐子上取下盖子，当把它转过来时，我意识到即使是盖子也是一个容器。在这个充满容器的世界里，我把它放回原处。

我跟着一位女士从大门进入，我们来到了一个中庭，四周都是房间，天花板上有一个开口。房子变成了一个容器，光线落在中间，下雨时水流入盆中。简陋街区的公寓楼也是容器。我去参观时，不用敲门，直接走进去。它们都是多层容器，面向街道。公寓围绕着一个空隙、一个花园或者是一个竖井，总之是一个可以采光的内部空间。

我在罗马建筑工地上走了一圈，那里正在建造一个又一个容器，而不是像以前那样建造平坦开阔的半圆形和拉长的舞台。现在，所有建筑的墙壁都越来越高，一层又一层，赛马场四周都有围墙，楼层越来越多，圆形剧场围成一圈，容器越来越深。我们最终都进入了一个容器、一个罐子、一个瓶子。我掉进了容器里，出不来了。我站在容器的底部抬头仰望：一个开放的空间。我能看到天空。

我看着越来越大的港口设施，以及沿着码头弧形排列的仓库。港口就像一个碗，躺在那里，试图容纳大海。船只不会停靠在海岸、开阔的港口、由海水形成的海湾。整支船队带着所有的补给品航行而来，靠岸后，收起风帆，直接驶入港湾：一个四周有墙的容器。

我参观澡堂，人们浸在热水池和冷水池里，一个浴缸接着一个浴缸。我跟着他们穿过房间，浸在他们的浴缸里。我在他们的游泳馆里游泳，游泳馆有一个通向天空的开口：一个游泳池容器。

然后，神庙变成了容器。我走进万神庙[1]，地板上有灯光，高高的穹顶上有一只望向天空的眼睛，就像一个巨大的眼球。万神庙里还有陵墓，有一座矗立在中间的祭台，然后左右还有一个又一个陵墓：散落在帝国各处的纪念死者的容器。

当然还有城市。城市是容器，这不是什么新鲜事。城市很早就有城墙，罗马的城墙已经不够用了，很快就会建起新的、更大更高的城墙。但整个帝国已经成为一个容器，罗马的容器，城墙划定了帝国的边界。南边已经有了边界，现在城墙沿着北部边界一路延伸。在不列颠，城墙也如雨后春笋般拔地而起，先是哈德良长城[2]，然后是再往北一点儿的安敦尼长城[3]，再往北，帝国就到此为止了。不列颠就在这个容器里。时间停止，铃声响起，罗马的画面

---

① 位于意大利首都罗马圆形广场的北部，是罗马最古老的建筑之一，也是古罗马建筑的代表作。

② 位于英国的不列颠岛上，是罗马帝国在占领不列颠时修建的，从建成后到弃守，它一直是罗马帝国的西北边界。

③ 罗马帝国在英国修筑的边境城墙，又称安东尼墙。

从我面前消失了。

这让我感到恐惧，一切都变成了一个容器。罗马帝国没有边界，却有墙，它就像是一个碗，一个容器，罗马人永远不会继续前进了。

但罗马人为什么要建城墙呢？我很好奇他们停止征服的原因是什么。就好像他们在面包上拴上绳子，让它不能继续膨胀一样。

我想知道为什么。我在寻找答案，但我已经掉进了罗马人的容器，我醒来后寻找，我阅读后寻找。当夜晚来临时，我躺下睡觉，不知不觉中一夜就这样过去了。

第1041次

我的生活圈子变大了。我去过博物馆，听过讲座。我眺望远方的风景。我参观了为科隆运水的渡槽。我去过奥斯纳布吕克[①]和卡尔克里泽[②]，在那里，奎因克提里乌

① 德国西北部城市。

② 德国西北部城市，此处建有瓦卢斯战役博物馆。

斯·瓦卢斯[1]失去了三万名士兵。我还参观了日耳曼长城[2]，观看了边界城墙的残垣。我在清晨出发，但总是在一天结束时返回。我坐在扶手椅上，阅读有关罗马停战的文章，寻找新的理论和研究，作为旧解释的补充。

我读到瓦卢斯率领他的军团分批穿过条顿森林，但却遭到了舍罗斯克人[3]首领阿米尼乌斯的伏击。三个军团被歼灭，再也没有恢复过来，17日、18日和19日就在那里，我在椅子上微微晃动。这一排有一个空隙，我读到奥古斯都[4]用头撞墙，大喊“瓦卢斯，还我军团”[5]。但奥古斯都没有夺回他的军团，罗马帝国停滞不前，因为阿米尼乌斯是罗马的霸主，几个世纪后，他突然被称为赫尔曼，成了德国人。一个民间英雄，日耳曼人的解放者，条顿森林之

① 古罗马政治家、军事家，在条顿堡森林战役中，手下三万多人全部战死，瓦卢斯兵败后自刎而亡。

② 位于德国北部，是古罗马帝国边界的一部分，与哈德良长城、安敦尼长城共同构成古罗马长城体系。

③ 古代日耳曼人的一支。

④ 古罗马帝国第一代皇帝，恺撒义子与继承人，原名屋大维。公元27年元老院奉以“奥古斯都”(拉丁文意为“神圣的”“至尊的”)尊号，后世即以此称之。“奥古斯都”后成为罗马及欧洲帝王习用的头衔。

⑤ Quintili Vare, legiones redde. 拉丁语。

王。为了纪念他的功绩，人们建造了一座纪念碑，这是一座顶部封闭的罗马神庙，因为赫尔曼就被供奉在屋顶上，那里应该是天堂之眼的位置。

但是，一个世界强国会因为一名指挥官遭到伏击而停滞不前吗？一个伟大的帝国会抵御不了彼此不和的分散部落？边境战争、战败和军团损失总是有的。但这从未阻止罗马人的扩张。我犹豫不决，寻找其他解释。我读到关于联盟和贸易、战斗和迁徙的文章。我听到关于内部冲突、疾病和死亡、流行病和食物短缺的讲座。我读到大自然的过度开发、田地的枯竭、礼仪的衰败、制度的崩溃。我想到容器里的怪物在蚕食他们的世界。

一位历史学家认为，罗马是从内部崩溃的，它是泥足上的巨人，必须筑起城墙来抵御风化。另一位历史学家则从阿米尼乌斯和强大的日耳曼部落的神话中汲取营养，因为在罗马帝国发展壮大的同时，周遭民族和部落也在罗马帝国的战火中茁壮成长。这不是一个摇摇欲坠的帝国，而是一个强大的帝国在抵御强大的周边民族和部落。他们受到来自北方的压力，扩张陷入停滞。一位经济学家认为，罗马城墙根本不是防御工事，而是一道门槛、一个门户。罗马人根本没有感到威胁。他们已经嗅到了利益的味道。

北方民族希望从罗马的贸易和财富中分一杯羹，罗马修建城墙以加强控制。现在，罗马人可以进行贸易，管理人流，并对通过的一切征税。边境是发展的途径，帝国在城墙后不断发展壮大，就像庞贝城刚出炉的面包一样，又大又脆。一位考古植物学家讲述了谷物贸易和气候变化、新发现的烤炉和花粉痕迹，现在突然发现是黑麦阻止了罗马人的前进。我在书上读到了小麦的种植方法和生长条件，答案显而易见：罗马人遇到了小麦种植的北线。北方的土地变得过于寒冷，小麦种植困难重重，产量不确定，只有黑麦才能生长。

我坐在扶手椅上，读到罗马人停止扩张。他们本可以扩张，这并不需要太多的罗马军队。他们本可以恢复军团，征服整个日耳曼，但他们没有，因为已经没有什么可以征服的地方了。小麦不能种植的地方——就没有罗马人。阿米尼乌斯本可以自救，罗马人无论如何都会停下来，因为让罗马人停下来的不是瓦卢斯之战，不是有可能征税，也不是攻击周边民族或内部的腐朽，而是面包房里的气味，因为罗马人只有在遇到饥荒时才会食用黑麦。普林尼[1]声称，这种苦涩的谷物即使与斯佩耳特小麦[2]混合在一起也会引起胃痛，而医生盖伦[3]则谈到了用黑麦烘烤的黑面包：它的气味很难闻，而且不利于健康。

安东尼停了下来，阿诺娜站在那里，拿着她的莫迪乌斯，但她的容器是空的，因为她走到了太靠近北部的地方。我从椅子上站起来。我仍然需要一个解释，因为罗马人停下来真的是因为庇护大帝吃了黑麦胃痛吗？

我很清楚地知道我找不到答案。罗马帝国成了我的一面镜子，而现在我进入了镜子，却无法出来。我不知道罗马人为什么停下来。也许他们不想继续。他们停了下来，筑起了一堵墙。因为他们不想再往前走了。也许他们只想住在一个能看到天空和云朵的容器里。

---

① 一般称之为大普林尼，古罗马作家。曾任骑兵指挥、舰队司令等职。公元79年8月维苏威火山爆发，亲往救援和调查，中毒窒息而死。有哲学、历史、修辞学等多种著作。今仅存一部百科全书式的著作《自然史》(亦译《博物志》)。

② 古罗马时期日耳曼地区常见的谷物，是如今小麦的远亲，但比小麦更容易被人体吸收消化，即使有麸质不耐症的人食用后也不会产生不适感。

③ 古罗马时期的医学家、动物解剖学家和哲学家，被认为是仅次于希波克拉底的第二个医学权威。

第1053次

但我不允许自己停下脚步，现在我想继续前进。我的活动圈子越来越大。我打算去一趟哈德良长城和安敦尼长城。我想着去这个国度的其他地方看看，但现在我感觉到了变化。我一边阅读一边搜索，或者有时会坐在水边，沐浴着午后的阳光，看着莱茵河上航行的船只，然后回到院子里，坐在我的欧楂树下。

我能感觉到我的追求发生了转变，我不再急躁。我感到好奇心渐渐减弱，仿佛我的急切心情被抑制了，虽然只是轻微的抑制，但足以让我在院子里有那么一刹那冻僵的感觉，然后把椅子搬进了屋里。

第1064次

这是一种与众不同的热情，一种谨慎的渴望。我开始在大学附近旅行，通常是在杜塞尔多夫，但有时也会去科隆或附近的城市。

第一次坐电车去大学时，我根本找不到路。因为迷路不得不倒了好几次车，差点儿放弃。现在，我经常会在上午出发，把电脑、纸、笔和字典装进包里，然后和同学们一起坐在电车上，再一起走到大门口。我发现学校里不仅有关于罗马人的讲座，还能听到关于迈锡尼[①]的石油贸易、法兰克人[②]的农业、希腊的港口、古代医学或近东地区青铜时代崩溃的讲座。我还听到关于史前移民、新发现的沉船，以及中世纪玉米田的疾病的内容。

我在已故的罗马人中间穿梭许久，现在走在活生生的人群中，感到有点儿奇怪。我步子很慢，进入礼堂时会有意走在人后，会在咖啡机前排队，会在图书馆的书架间穿梭。我用英语或蹩脚的德语向旁边的人谨慎询问，同学和老师都会耐心地为我答疑解惑，图书管理员拉着我在书架上帮我找我想看的书。

---

① 伯罗奔尼撒半岛(在南希腊)东北部的古城。公元前2000年中叶成为爱琴文化的中心之一。约前12世纪或前11世纪被毁。迈锡尼及其附近提林斯、皮洛斯等地的遗迹和遗物，通称“迈锡尼文化”。

② 日耳曼人的一支。最初分布于莱茵河下游右岸。公元3世纪中叶起，经常越过莱茵河，侵袭罗马帝国边境地区。

起初，这里很陌生。在背着背包的学生中间，我感觉自己有点儿奇怪，他们很多人都没有穿外衣，就像在家里一样。我像个旅行者一样，胳膊上搭着外套，肩上背着大包，走来走去。没有包的话，我觉得自己赤身裸体。尽管我可以把包放在公寓里，但我没有这么做。

渐渐地，我发现了一些不太合群的人：穿着夹克、背着旅行包的人，比大多数人年龄稍长的学生。我看到了他们略显迟疑的动作和四处探寻的眼神。现在，我的闯入感已经渐渐消散。我自在地走来走去，找到了阶梯教室和普通教室，就像找到了归属。我很熟悉食堂的工作人员、当天会发生的事情和走廊里的人流。在一次讲座上，演讲者被电线绊倒了。所以现在我养成了一个习惯：每当我经过那间教室，会走进去把电线移到另一个插座上，然后再去听别的讲座或研讨会。

我忍住好奇心。我小心翼翼地走在活人中间。我不翻他们的包，也不翻他们的笔记。我不读他们的信。我不跟他们进屋，也不在他们的浴室洗澡。我不给他们的首饰拍照，也不抠掉他们鞋底的泥。正常人是不会这样做的。你可能会弯腰捡起他们掉落的围巾或书，但你不会检查他们的食物，也不会问他们为什么要在面包上系一根绳子。

我把自己照进了罗马人的镜子里，现在我想走出我的镜子。晚上在城里散步时，我在商店的橱窗里看到了自己。我走过维森威格大街上的餐厅，可以看到桌旁的客人。有时我会走进去，在活人中间坐下。我小心翼翼地和他们打招呼，但什么也不问。我回到自己的公寓，一边阅读一边搜索，打印出一两页纸，然后上床睡觉。不知不觉一夜就过去了。

第*1081*次

我今天看到了偷我包的贼。或者说我觉得我看到了，我看到他正匆匆忙忙地沿着维森威格大街走。或者也可以说我听到了偷我自行车的贼，因为是自行车的声音让我抬起头来。

那是一个傍晚，我正准备出门买东西，刚走到人行道上，就听到嘎吱嘎吱的声音，一辆看起来很需要检修的自行车从我面前经过，挡泥板歪了，或者链条生锈了。骑车人很快就过去了，沿着维森威格大街一路向河边走去。我花了一点儿时间才确定声音的位置，并将其与骑车人的身影联系起来，但当我意识到我知道声音来自哪里的那一瞬间，我就沿着维森威格大街跑了起来。我把包背在肩上，一路狂奔，我跑过停在路边的汽车，眼睛一直盯着远处骑自行车的人，但还是追不上。

我停了下来，气喘吁吁，心中立刻产生了怀疑。难道不是偷我包的贼？我没有看到主队的颜色，也许我错了。尽管如此，我还是继续往前走。我冲向河边，绕着河水紧张地寻找，但骑车人不见了。这是当然的事情。

我气喘吁吁地坐在河边的长椅上，悲伤、失落和想念涌上心头。起初，我觉得是窃贼消失得无影无踪让我感到悲伤，我失去了让他和我说话的机会。但我不知道该和他谈什么，也许聊聊他为什么偷我的包。但我很久以前就把包拿回来了，包在我身上。这不重要。

突然，我想到了那本丢失的季节簿，里面有我所有的季节。“骑自行车的贼，把我的四季还给我！”我好想这样大喊。好像从一本写满冬天、春天和夏天的本子里能得到什么似的。我不想要回我的四季。我还想要什么四季呢，这些四季都是用11月的碎片拼凑起来的。

我想到托马斯让我一个人去巴黎，想到菲利普和玛丽用袋子装着一枚古罗马硬币送我。我想起了我的父母，想起了我对妈妈的承诺：我会想办法，我会倾听他们的话。我想到了火车上的旅客，想到了我从他们的谈话中窃取的一点儿东西，但我知道倾听无济于事。

过了一会儿，我从长椅上站起来，开始往回走。路上，我在一家小超市买了些日用品。站在冷柜前，我往篮子里放了两罐啤酒。我突然有一种想去体育场看足球赛的冲动，但一走出超市，我就失去了勇气、兴趣或其他什么东西。我知道结果。我知道谁赢谁输，当比赛结束时，我又会出现在那里，在一个可以看到天空和云朵的容器里。

不久之后，我把自己锁在公寓里，迎面而来的是闷热的空气。走廊里堆满了垃圾袋。厨房的桌子上堆着好多盘子和带着环形咖啡渍的杯子、用过的茶包、装着吃剩的沙拉的碟子、里面的酸奶已经风干的几个碗。书本、纸张和用过的墨盒随处可见，桌子中间放着那枚古罗马硬币。

我把它从桌子上拿起来，翻了翻，感觉它在我心中的分量，这是我在罗马探寻之路的残留物，留在一堆墨盒和未清洗的杯子中间，是塔拉·塞尔特的碎片，她还活着，还被困在11月18日。

我艰难地穿过房间，打开通往院子的门，院子里有一棵欧楂树。我拉过一把椅子坐到院子里，随手拿了一瓶冰镇啤酒，突然忍不住大笑起来，起初笑得很犹豫，后来笑得很大声，我确信整个院子和周围的阳台都能听到我的笑声，但这并不重要。如果你在一个容器的底部，可以看到天空，而且你知道你永远不会知道你身处此地的原因，那么你就完全有理由笑。

第1106次

我的寻找不再是出于饥饿，也不是向往或渴望。我去礼堂、食堂、博物馆和图书馆，一天结束后，我又回到家里。我把自己锁在公寓里。我很清楚我找不到我想要的解释。我找到的总是新的问题和新的答案。

我在城里散步。我没有再看到骑自行车抢我包的贼。有几次我好像听到了自行车的响声，跑到街上，但没有看到什么窃贼。

我聆听风声和院子里欧楂树的声音。我听着电脑键盘微弱的咔嗒声。我坐着。黑色松紧带公文包里装着一沓纸，那是我在克利希苏布瓦和巴黎、在我的四季里、在我的金色笼子里、在我的罗马容器里写下的所有散页。

我用很小的字把所有的内容写进电脑，晚上再打印出来。我听着客厅里的打印机一张又一张地打印。我的故事，某个故事，某个人的故事。我一边打印一边听着自己的故事，因为我突然变得害怕失去这一切，害怕被偷，害怕失火，害怕遗忘和消失，因为没有人可以记得，然后突然间只剩下装着酸奶的空碗和吃剩的沙拉的容器。

第*1132*次

我已经数过日子了，现在我在想花园小径旁灌木丛下的榅桲，因为圣诞节马上就要到了。我可以回去再讲一遍，这一次，我可以用季节和罗马人来讲述。我可以告诉你，我是还没有找到逃离11月18日的办法；我可以告诉你，我只找到了一个又一个的容器，告诉你时间是一个空间，是一个容器，而我已经深陷其中。

但我甚至不知道我是否想离开我的容器，也许我会留在这里，也许我就像罗马人一样，也许这个容器是我自己建造的。

第1141次

算起来，应该又是新年了，却不是冬天。天空变成了暗黄色，感觉暖洋洋的，我坐在院子里的椅子上。除此之外，没有什么可说的。院子里很安静，因为没有人笑。我试着笑了两声，却安静得有点儿可笑。

第1144次

永远不要说没什么可说的，或者说没有人笑。现在是8点45分，我正坐在莫勒咖啡馆的卡座上。我有太多的话要说，留给我的时间却太少。我和一个人有约，我要和对方见面。

我来得有点儿早，于是先点好了咖啡。我们约好9点在靠窗的桌子见面。我要讲一个故事——不是关于罗马人的故事，不过也许与罗马人有点儿关系——是关于一个背包客的故事。那人的名字叫亨利·戴尔，不过我之前不知道这一点。还有很多我不知道的事。比如，他被困在11月的一天，他被困在18日，以及原来我并不孤单。

我看着时钟。我稍后就能知道，他是否记得我们的约定，以及是否会如约出现。

不是稍后，就是现在。我现在知道了。我能从窗户看到他，他正向莫勒咖啡馆走来。是亨利·戴尔，他正朝我走来。还有好多要说的事情，但不是现在，因为他快到门口了，他还没看见我。门开了，铃铛轻微作响。我看到他走了进来。

对塔拉·塞尔特而言，每天早晨醒来，都是重复的一天——她被困在了 11 月 18 日，一天又一天，一年又一年……